나는 될놈이다 2

글쓰는기계 게임 판타지 장편소설

초판 1쇄 찍은 날 | 2019년 4월 4일
초판 1쇄 펴낸 날 | 2019년 4월 11일

지은이 | 글쓰는기계
펴낸이 | 예경원

기획 | 위시북스
편집책임 | 이규재
편집 | 위시북스

펴낸곳 | 예원북스
등록번호 | 제396-2012-000132호
등록일자 | 2012. 7. 25
KFN | 제1-391호

주소 | 경기도 고양시 일산동구 호수로 646-24 위너스21II빌딩 206A호 (우)10401
전화 | 031-819-9431 팩스 | 031-817-9432
E-mail | yewonbooks@naver.com

글쓰는기계ⓒ, 2019

ISBN 979-11-6424-239-9 04810
        979-11-6424-237-5 (set)

나는 될 놈이다

2 글쓰는기계 게임 판타지 장편소설
WISHBOOKS GAME FANTASY STORY

Wish
Books

CONTENTS

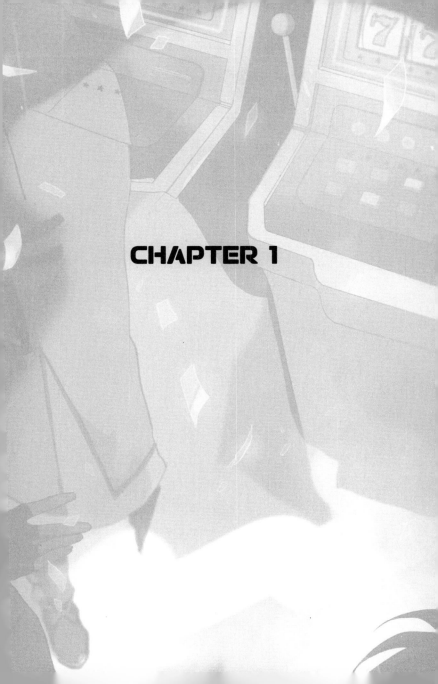

CHAPTER 1

맞는 말이었다.

그리고 그렇게 무리한 요구도 아니었다.

길드도 아니었고 파티에 들어오라는 거였으니까.

파티야 그냥 필요하면 처음 보는 사람들끼리도 할 수 있는 것.

그러나 태현은 얼굴을 찌푸렸다.

아싸의 본능!

'이러다가 계속 같이 다니게 되는 건 아니겠지?'

그룹으로 지낸다고 막 몸이 부들부들 떨리고 그러는 건 아니었지만, 그래도 혼자 돌아다니는 게 편했다.

그게 아니더라도 두셋 정도까지가 한계!

"저기요?"

태현이 대답이 없자 최하영이 고개를 갸웃거렸다.

"아. 초대하세요. 들어갈 테니까."

'생각보다 성장이 훨씬 빠르네.'

태현은 그렇게 생각했다.

오해하기 쉬웠지만, 태현은 캐릭터를 약하게 키우는 것에는 관심이 없었다.

약하다고 알려진, 혹은 비효율적이어서 안 좋다고 알려진 캐릭터들.

이런 캐릭터들을 잡고 최선을 다해 강하게 만드는 걸 좋아했을 뿐.

처음부터 강한 캐릭터라고 알려진 걸 키우는 것보다 그게 더 뿌듯하고 재미있었으니까!

판타지 온라인 1에서 대장장이도 결국 그런 식으로 해서 강해지는 데 성공했다.

문제는 이런 방식의 플레이는, 엄청나게 시간이 오래 걸리고 노력을 많이 해야 한다는 점이었다.

어찌 보면 당연했다.

강한 캐릭터가 왜 강한 캐릭터이겠는가?

쉽고 빠르게 강해질 수 있으니까 강하다고 알려진 것이다.

약한 캐릭터는 그게 불가능해서 다양한 방법을 찾아야 했고.

실제로 태현은 판타지 온라인 1에서 대장장이로 다른 놈들을 사냥하기 전까지 정말 피나는 고생과 노력을 해야 했다.

태현은 솔직히 자신이 있었다. 다른 강한 캐릭터를 키웠으면 진작에 1위를 찍었을 자신이.

하지 않았을 뿐이다.

'이거 괜히 걱정한 건가?'

판타지 온라인 1에서야 만렙을 찍으면 더 이상 성장하기 힘드니 느리더라도 따라잡을 수 있었지만, 2에서는 만렙도 없었다.

그래서 시작할 때 살짝 걱정을 했었다.

태현은 다른 사람들보다 늦게 시작하지 않았는가.

일반인이면 모를까, 순위 경쟁을 노리는 랭커들한테 그 정도 시간이면 차이를 엄청 벌렸을 시간이다.

그런데도 태현은 굳이 더 어려운 길을 선택했다.

직업도 안 고르고 스탯은 오로지 행운에!

'못 따라잡는다면 어쩔 수 없지. 그러면 내가 거기까지인 거다.'

"따라잡지 못하더라도 다른 사람들 다 가는 길은 안 간다!"

어찌 보면 변태스러울 정도의 집념!

그런데…….

생각보다 성장이 훨씬 빨랐다.

'행운 스탯이 생각보다 쓸모가 있어.'

다른 스탯, 힘이나 민첩 같은 스탯들이 워낙 좋아서 플레이어들이 관심을 가지지 않았을 뿐.

행운은 충분히 좋은 스탯이었다.

그저 스탯 하나가 아쉬운 상황이라 행운에 투자하는 사람이 없을 뿐.

게다가 다른 스탯들은 올리면 바로바로 효과가 나타났다.

힘을 몇백 올리면 공격력이 미친 듯이 올라갈 것이다.

민첩을 몇백 올리면 이동속도나 공격속도가 미친 듯이 올라갈 것이다.

그에 비해 행운은 몇백을 올려도 뭔가 '이거다!' 싶은 효과가 없었다.

그러나 이게 천 단위로 넘어가자 효과가 무시무시해졌다.

조금씩 조금씩 올라가던 확률이 폭발적으로 터지는 것이다.

별생각 없이 행운을 올려주는 아이템을 초보자 마을 앞에 던져 놓은 덕에 일어난 나비효과!

태현은 전혀 몰랐다.

지금 토끼가 일시적으로 사라진 사이에, 제작진들이 필사적으로 토끼발을 삭제하려고 하고 있다는 것을.

-아오, 이걸 대체 왜 넣어 가지고!

-그냥 전부 인공지능한테 맡기자고 했잖아요!

-이 마을 어차피 플레이어들도 적게 올 텐데, 이 정도 보너

스는 괜찮을 줄 알았지! 누가 알았겠냐고! 야, 솔직히 저 레벨 동안 전직도 안 하고 토끼만 잡고 있는 놈이 이상한 거 아니냐!?

'기분이 좋기도 하고, 아쉽기도 하고…….'

그가 선택한 길로 결과가 나온다는 건 기뻤다.

그런데 너무 쉽게 결과가 나오는 것 같자 살짝 아쉽기도 했다.

'이건 그냥 평범하게 강한 캐릭터잖아?'

최하준과 최하영 파티의 레벨은 아마 30 후반에서 40 초반 정도 될 것 같았다.

태현은 그들이 입은 아이템에서 그들의 레벨을 짐작했다.

태현의 레벨은 25. 그런데 파티원들은 엄청나게 놀라워했다.

게다가 적극적으로 파티 초대까지.

'내가 보여준 게, 적어도 레벨 40~50은 넘겨야 보여줄 수 있는 모습이란 거겠지?'

태현이 생각해도 그의 회피율과 치명타율은 상상을 초월했다.

다른 사람들이 보고서 놀라는 것도 이해가 갔다.

'아니, 자만하지 말자. 전직을 안 하면 직업 스킬을 얻을 수 없으니까. 나중에 차이가 점점 벌어질 거야. 지금 조금 잘나간다고 흐뭇해할 때가 아니지.'

전직을 안 하기로 마음먹은 이상, 믿을 건 스탯뿐!

태현은 '어디 토끼발처럼 다른 스탯을 올려주는 아이템이 있으면 좋을 텐데' 하고 생각했다.

[파티에 초대되었습니다.]

파티에 들어간다고 해도 딱히 달라지는 건 없었다.

경험치가 공유되고, 희귀 이상의 아이템은 얻기 전에 서로가 이야기를 해야 하는 정도?

판타지 온라인 2에서는 다른 플레이어의 정보는 매우 보기 힘들었다.

파티는 물론이고 길드에 들어간다고 해도 플레이어의 정보가 공유되지는 않았다.

직업, 아이템, 스킬…… 이런 정보는 하나하나가 가치가 있었다.

초보자들이면 모를까, 랭커들 같은 경우에는 다른 랭커들과 순위 경쟁을 하고 있었다.

상대가 어떤 직업이고 어떤 스킬을 갖고 있는지, 어떤 장점이 있고 어떤 약점이 있는지는 군침이 도는 정보였다.

이런 정보만을 모아서 파는 곳도 따로 있었을 정도였으니…….

당연히 이런 임시 파티 사냥에서 서로 자세한 정보를 묻지는 않았다.

믿을 수 있는 건 본인의 말뿐!

어차피 레벨이나 직업을 속여봤자 실제로 사냥에 들어가면 들통이 나게 되어 있었다.

레벨 50이라고 했는데 레벨 10짜리 몬스터를 상대하면서 피가 반이나 깎이면 그게 말이나 되겠는가.

"파티 들어오셨네요."

"이야. 든든하네."

"일단 오크 머리부터 챙기자! 퀘스트 깨야지."

최하준은 오크의 시체에게 다가갔다. 태현이 학살을 했지만, 그도 두 마리는 잡았다. 다른 파티원들이 한 마리를 잡았으니 총 세 마리는 그들이 잡은 셈.

"오크의 머리가…… 없네?"

"나도 없어."

"나도 없는데……?"

그걸 본 지수가 속삭였다.

"머리 잘라야 되는 거 아니에요?"

"무슨 섬뜩한 소리를 하는 거야? 원래 이런 퀘스트 아이템은 그냥 나오는 거라고."

이런 걸 직접 잘라서 가져가야 한다면 플레이어 중에서 절반은 포기할 것이다.

잔인한 설정은 끌 수 있었지만 그래도 사람의 마음이란 건 그렇게 쉽게 달라지지 않는 법!

"머리가 없어요?"

"네. 안 나오는데…… 야, 이거 골치 좀 아프겠다. 드랍률이 낮은가 봐."

만만하게 생각했는데, 역시 잘츠 왕국의 퀘스트는 만만하지 않았다.

드랍률. 아이템이 떨어지는 확률.

오크 머리 10개를 모아오라고 하면 간단하게 들리지만, 오크 머리가 잘 안 나오는 희귀한 아이템이라면 이야기가 달라졌다.

오크 머리 10개를 얻기 위해 100마리를 사냥해야 할지, 1,000마리를 사냥해야 할지 알 수 없는 것이다.

게다가 이건 각자가 10개씩 가져가야 하는 퀘스트!

지수가 다시 속삭였다.

"우리는 저거 필요 없죠?"

"그렇지. 대신 더 빡세지……."

"오크 부족의 마을을 파괴하고 부족장의 머리를 가져와라."

'이게 말이야 개소리야?'

아무리 생각해도 레벨 30도 안 되는 둘한테 줄 퀘스트는 아니었다.

"저…… 태현 씨가 잡은 오크도 확인해 봐도 됩니까?"

"그러시죠."

말과 함께 태현은 오크들에게 다가갔다.

[오크 머리(2)를 획득했습니다.]

[오크 머리(4)를 획득했습니다.]

순식간에 쏟아지는 메시지!

'아니, 아무리 그래도 그렇지, 오크 한 마리한테서 왜 머리가 2개, 4개가 나와……?'

행운 중첩으로 인한 드랍률 폭증!

태현은 어이가 없었지만 일단 주는 대로 챙겼다.

"머, 머리가 6개……?"

"여기는 3개 있어!"

순식간에 10개가 채워졌다.

"그냥 내가 재수 없었던 건가?"

최하준은 고개를 갸웃거렸다.

이렇게 잘 나오는 아이템인데 3마리를 잡았는데 하나도 안 나올 줄이야.

그들은 태현의 행운 때문에 이렇게 되었다고는 상상도 하지 못했다.

"저기……."

최하영이 조심스럽게 말을 걸었다.

"혹시 오크 머리 10개 채우셨으면 남은 건 저희가 좀 챙겨도 될까요? 골드가 필요하면 드릴게요."

최하영은 예의 바른 사람이었다.

원래 파티장에 사제 정도 되면 '파티니까 아이템 좀 나눠 가집시다!' 하고 뻔뻔하게 말하는 사람도 많았으니까.

상대가 이렇게 공손하게 나오면 더 친절해지는 게 태현이었다.

"그러시죠."

"어? 돈 안 받아요?"

"뭘 돈을 받아. 저게 뭐 얼마나 하는 거라고. 아까야 파티가 아니었지만 지금은 파티로 움직이는데 이런 거 하나하나 일일이 돈으로 따져서 달라고 하면 안 되지. 괜히 뒤에서 칼 맞는다고."

지수는 고개를 끄덕였다. 오크를 잡은 건 다 태현이었으니까 그녀가 불만을 가질 이유는 없었다.

그래도 왠지 모르게 느껴지는 질투!

'저 사람들한테 잘해줘서 뭐가 좋다고……'

그러나 태현은 모르고 있었다. 지금 이 오크 머리를 구하려는 플레이어들이 한둘이 아니라는 것을.

"아니, 이 오크 놈들은 대가리가 없어!? 지금 몇십 마리짼데 머리가 안 나와! 머리가!"

"아오! XXXX!"

잘 나오지 않는 아이템들은 사람을 화나게 만들었다.

여기 파티도 마찬가지였다.

오크 머리를 가져오라는 퀘스트를 이 주변 영지에서 일하는 기사한테 받고, 여기까지 왔다.

그런데 오크 머리가 나오지 않았다.

"오크 머리 파는 사람 없나?"

"이걸 누가 팔겠냐? 다 자기가 퀘스트 깨는 데 썼겠지."

"나 돌아버릴 거 같다."

김병국은 살벌하게 중얼거렸다.

둘은 현실에서도 친구였다. 말 그대로 게임 폐인 콤비!

김병국은 레벨 56, 최은철은 레벨 51. 약간 늦게 시작한 것 치고는 매우 빨리 올린 셈이었다.

게다가 둘 다 희귀 직업이었다. 김병국은 강철 도끼 전사, 최은철은 화염 전문 마법사.

"아, 영지 친밀도 올리려면 이거 깨야 하는데……."

"어? 저기 파티 있다."

"어쩌라고. 파티 말고 오크 찾아. 오크."

"아니, 잘 봐봐. 저거 오크 머리 아냐?"

태현과 최하준 파티는 이제 오크 머리가 넘쳐나서 버리고 있었다.

모두가 10개를 채웠는데도 머리가 계속 나오는 것이다.

"……??"

"저거…… 뺏자!"

1초도 고민하지 않고서 나오는 방법!

상대는 딱 봐도 레벨이 낮아 보였다. 8명이나 있었지만 이 정도면 레벨 차이로 충분히 이길 수 있었다.

플레이어들을 성격으로 분류한다면, 그들은 매우 질이 나쁜 플레이어였다.

원하는 게 있다면 페널티를 감수하고서라도 PK를 하는 타입!

"야!"

"……?"

"오크 머리 전부 내놔라. 100개 채워주면 죽이지는 않을 테니까."

김병국은 거대한 도끼를 들고서 오만하게 말했다.

둘은 이들과 받은 퀘스트가 달랐다. 당연히 가져가야 하는 머리 숫자도 달랐다.

둘이 합해서 무려 100개!

"뭐라는 거야?"

"아니, 너희들이 뭔데 달라고 하는 건데?"

피식-

김병국은 웃었다.

"이해력이 딸리네."

-폭발적인 힘!
-도끼 투척술!

스킬 두 개를 동시에 사용한 공격!

그 공격을 그대로 맞은 파티원이 순식간에 즉사 직전까지 몰렸다.

그리고 이어지는, 마법사의 화염 화살!

"크아악!"

"한 명 처리했고."

"……!"

이제야 파티원들은 상황 파악이 됐다.

저 둘은 처음부터 PK를 할 작정이었던 것이다. 오크 머리를 뺏기 위해서!

"얌전히 내놓을래, 아니면 다 죽을래?"

"이렇게 멋대로 PK를 하면 그쪽도 페널티가 있을 텐데?"

"마을에 못 들어가는 거? 그거야 시간 지나면 풀리는데?"

멋대로 다른 플레이어들을 죽이면 악명이 올라가고, 마을에서 경비병한테 잡히거나 할 수 있었다.

그러나 그것도 잘 조절하면 됐다.

한 번 죽이고 시간이 지나면 풀리니까 그다음에 다시.

이들은 그런 짓의 플레이에 익숙했다.

"지금 오크 머리 때문에 이러는 거야?"

"그래, 이 쪼렙들아."

"언제까지 떠들 거야? 오크 머리 줄래, 죽을래?"

최하준과 최하영은 서로 시선을 교환했다.

'레벨이 너무 높아 보여.'

'여기 있는 사람들로 다 부딪혀도…… 힘들지 않을까?'

파티원들도 그렇게 생각했다.

게다가 단둘이서 저렇게 나온다는 건, 그만큼 실력에 자신이 있다는 것이었다.

그냥 레벨이 아닌 일대일, PK에도 자신이 있다는 것!

차라리 오크 머리를 넘기는 게…….

'아니, 그런데 오크 머리 때문에 이런다고?'

이해가 가지 않았다. 그들은 남아서 버리는데.

어쨌든 오크 머리를 넘기는 게 나을 것 같았다. 그들은 다시 모을 수 있었으니까.

그들이 그렇게 생각하는 동안, 태현은 피식 웃었다.

태현은 이런 PK 좋아하는 플레이어들을 정말 좋아했다.

왜냐?

저런 놈들은 죽여도 페널티가 없으니까!

게다가 저런 PK 플레이어들은 죽을 경우 아이템도 좋은 걸 많이 떨어뜨렸다.

경험치도 나오고 아이템도 좋은 걸 주고 거기에 페널티도 없는, 보양식 중의 보양식!

태현이 랭커들을 사냥하기 전에 힘을 모으기 위해서 사냥하고 다닌 게 PK 플레이어들이었다.

"하. 이거 추억 돋네."

태현은 웃으면서 달려 나갔다.

"……!?"

"저거 미쳤냐?"

이미 마법 준비를 끝낸 최은철은 태현을 향해 화염구를 날렸다. 준비된 마법사의 공격력은 직업 중에서도 손가락 안에 들었다.

중갑을 입은 전사도 아니었으니 저런 놈 하나 따위는……

'화염구. 딱히 뭐 유도 기능이 있는 것도 아니고. 마법사 손끝에서 일직선으로 뻗어져 나오는 거겠지?'

행운에 의존하지 않아도 이 정도는 피할 수 있었다.

눈을 감고도 보이는 화염구의 궤적!

콰콰쾅!

보는 사람이 아슬아슬할 정도로, 태현은 화염구를 아주 간신히 피했다.

실력에 자신이 있어서 그렇게 피한 것이었지만, 보는 사람들의 눈에는 행운으로밖에 보이지 않는 상황!

"피했어!?"

"넌 그것도 조준을 못하냐!?"

김병국은 친구한테 화를 내며 도끼를 들었다.

묵직한 소리와 함께 태현을 겨누는 공격!

"넌…… 상대를 잘못 만났다고 생각해라."

"……?"

판타지 온라인 1에서도, 2에서도 태현이 상대하기 좋아하는 타입이 있었다.

그건 김병국처럼 한 방에 모든 걸 거는 느린 타입이었다.

방어력, 체력, 공격력은 높았지만 그 대신 속도를 희생한 전사 계열.

PK에서 그만큼 무시무시한 직업도 없었지만, 태현에게는 그냥 밥이나 마찬가지였다.

상대방의 어깨, 팔꿈치, 눈, 발…… 이런 요소에서 느껴지는 움직임!

쾅!

'피했어!?'

김병국은 놀랐다. 분명 그의 공격이 느리기는 했지만, 그래도 레벨이 낮은 사람이 피할 정도는 아니었다.

공격을 하기도 전에 읽고, 예측하고, 먼저 피한 것이다.

천부적으로 타고난 재능!

김병국은 다시 도끼를 휘둘렀다. 그러나 태현의 옷 끝도 스치지 못했다.

"XX! 이거 버그 아냐!?"

그에게는 황당할 수밖에 없는 상황!

이제까지 PK를 해오면서 이렇게 털끝 하나 스치지 못한 적은 처음이었다.

"말했잖아. 상대를 잘못 만났다고 생각하라고. 그런데 너…… 레벨 몇이냐?"

"닥쳐! 이 XX같은 XX야!"

[행운의 일격이 5초 남았습니다.]

"뭐. 50은 넘는 거 같으니 이걸로 죽지는 않겠지?"

"뭐라는 거……."

태현이 빠르게 파고들어서 검을 가슴팍으로 찔러오자, 김병국은 본능적으로 몸을 가렸다.

-강철의 결심!

희귀 직업, 강철 도끼 전사의 방어 스킬 중 하나.

순간적으로 방어력을 100% 상승시키는, 매우 강력한 방어 스킬이었다.

스킬을 쓰고서 김병국은 후회했다.

원래 태현 같은 놈을 상대하면서 쓸 스킬이 아니었다.

그런데 몸이 본능적으로 스킬을 썼다.

그만큼 압박을 받은 것이다.

그것도 피하기만 하는 상대한테!

[치명타가 터졌습니다!]

[상대가 상태 이상 '출혈'에 빠집니다!]

[상대가 상태 이상 '빈사'에 빠집니다!]

[상대가 상태 이상 '치명상'에 빠집니다!]

"커허억!"

순간 흐려진 시야!

그만큼 데미지를 크게 입은 것이다.

"이런. 행운의 일격을 너무 많이 썼나?"

상대가 얼마나 강할지 몰라서 행운의 일격을 무지막지하게 겹친 상태였다.

"뭐, 이런, 미친……."

[HP가 0으로 내려가 사망합니다.]

간당간당하던 피가 상태 이상 데미지로 0으로 내려가는 순간 사망!

김병국은 제대로 한 대 때려보지도 못하고 죽었다.

"……."

"……."

순간 주변이 조용해졌다.

최하준이나 최하영 같은 파티원들은 태현의 강함이 상상을 초월해서 입을 다문 상태였고,

최은철은…….

'X됐다!'

같은 레벨 50이라도 마법사와 전사는 의미가 달랐다.

레벨 50 전사는 레벨 30짜리들과 혼자서 정면 승부를 할 수 있었지만, 레벨 50 마법사는 그게 안 됐다.

마법을 준비하다가 공격을 받고 이전에 죽을 테니까!

강력한 마법을 다루는 대가였다.

"상황 파악이 되나 봐?"

태현은 비웃음을 담아 최은철을 쳐다보았다. 최은철은 움찔했다.

"뭐, 뭔?"

"네 친구 죽었잖아. 72시간 동안은 못 보겠지."

"다, 다가오지 마라!"

"허세 부리지 마. 이 법사 새끼야. 너 지금 앞에서 탱커해 줄 놈도 없잖아? 친구도 없고, 부하도 없고……."

"더 이상 오면 쏜다! 쏜다고!"

최은철은 지팡이 끝에 이글거리는 화염구를 가리켰다.

이제 방법은 하나밖에 없었다.

이걸로 이 인간들을 위협해서 무사히 도망치는 수밖에!

다른 건 몰라도 가장 먼저 오는 놈은 이걸로 즉사시킬 수 있었다.

"그거 쏘는 순간 넌 저기 뒤에 있는 우리 파티원들한테 뒤지는 거 확정인 거는 알지?"

"닥쳐!"

"여러분! 이 친구도 없는 법사 새끼가 마법 쓰면 그냥 달려들면 됩니다! 어차피 다시 쏘려면 시간 좀 걸릴 테니까!"

"닥치라니까!"

최은철은 땀을 **뻘뻘** 흘리며 외쳤다.

"근데 네 친구는 레벨 몇이었냐?"

"……."

"어쭈. 대답 안 해? 나 달려든다? 나 달려들면 넌 여기서 죽어나가겠지? PK도 했으니까 페널티는 더 클 테고. 너 아이템 지금 잃어버리면 복구하기 쉽지가 않을 텐데?"

숨 쉬지도 않고 쏟아져 나오는 자연스러운 협박!

태현이 가장 잘하는 것 중 하나였다. 최은철은 숨이 턱턱 막히는 기분을 느꼈다.

"5, 56⋯⋯."

"56?"

태현은 살짝 놀랐다.

'레벨 56이었다고?'

거의 30 차이를 메꾼 것이다. 아무리 상성이 안 좋다고 하더라도 레벨 30 차이는 쉽게 메꿔지는 게 아니었다.

'생각보다 대단하군⋯⋯ 하긴, 한 스탯을 2천 넘게 찍었는데 그 정도 효과가 나오는 건 당연한가.'

이제 확신이 섰다.

태현이 키우고 있는 방법이 먹힐 거라는 확신이.

'그래. 이 정도 행운이면 직업이 없어도 버틸 수 있다.'

"야. 뒤로 물러서는 건 좋은데, 보면서 걸어라. 넘어진다."

태현의 말에 최은철은 뒤로 물러서다가 멈춰 섰다. 그러고는 살짝 뒤를 돌아보았다.

"멍청하기는."

"⋯⋯!"

그리고 태현은 바로 달려들었다.

행운의 일격의 장점은, 다른 요란한 스킬과 달리 몰래 쓸 수 있다는 것!

"크아아악!"

[치명타가 터졌습니다!]

[상대를 즉사시켰습니다! 검술 스킬이 오릅니다!]

[레벨 업 하셨습니다!]

쓰러진 최은철은 원망 섞인 눈빛으로 태현을 노려보았다.

"이 자식, 속였구나……!"

"믿은 놈이 멍청한 거지. 상대를 앞에 두고 그 말을 믿는 놈이 어딨어? 나한테 안 죽었어도 어차피 다른 놈한테 죽었겠네. 너나 네 친구는 PK의 재능이 없어. 괜히 깝치지 말고 그냥 얌전히 캐릭터나 키워라. 응?"

어이가 없을 정도의 독설!

최은철은 욕이라도 하고 싶었지만 사망으로 인해 자동 로그아웃이 되어버렸다.

"어휴, 애들 질은 판타지 온라인 1보다 더 떨어진 거 같아."

판타지 온라인 1에서 PK로 유명한 놈들은 그야말로 어마어마했다.

정말 PK에 목숨을 건 또라이들!

온갖 함정은 기본이고, 지형을 활용하는 건 덤, 거기에 NPC들까지 데려오거나 몬스터들까지 데려오는 놈들도 있었다.

그리고 태현은 그런 놈들을 사냥했었다.

저렇게 당당히 둘이서 나타난 놈들은 우스울 수밖에.

"장비, 장비 뭐가 있나……."

먼저 PK를 시도했기에 사망하면 중요 아이템도 떨어뜨리게 됐다.

PK의 페널티!

당연히 둘은 질 거라는 생각을 안 했기에 그런 걸 신경 쓰지 않았다.

[불타는 강철의 중갑을 얻었습니다.]

[불타는 강철의 도끼를 얻었습니다.]

[근성의 벨트(+1)를 얻었습니다.]

주요 장비인 갑옷과 무기를 획득!

깨어나고 나면 피눈물 좀 흘릴 것이다.

태현은 씩 웃으면서 마법사의 장비를 챙겼다.

[마탑의 화염석 지팡이(+2)를 얻었습니다.]

[마력 회복의 귀걸이를 얻었습니다.]

이름만 들어도 비쌀 것 같은 장비들!

"이야…… 얘네들 진짜 어떡하냐?"

입은 걱정하는 말을 하고 있지만 얼굴은 싱글벙글!

태현은 웃으면서 장비를 챙기고 돌아섰다. 파티원들이 당황한 얼굴로 그를 보고 있었다.

"저, 혹시 레벨이 대충 몇인지 여쭤봐도 되나요?"

"안 돼요."

"네?"

"안 된다고요."

"……!?"

1초도 고민하지 않고 거절!

태현이 너무 강해서 한 질문이었다. 아무리 그래도 레벨 50을 넘는 둘을 손쉽게 처리하다니.

희귀 직업이라고 했지만 어떤 직업인지, 레벨이 몇인지 신경 쓰였다.

사실 자세한 레벨은 안 묻는다지만, '50 넘었어요' 정도의 대답은 괜찮지 않은가.

50이나 40 넘었다는 건 별로 중요하지 않은 정보였으니까.

"아, 네……"

순식간에 민망해진 최하영이었다.

그녀가 이렇게 공손하게 물었을 때 저렇게 거절하는 사람은 이제까지 없었다.

공손한 태도도 태도였지만, 그녀의 외모 때문이기도 했다.

예쁜 얼굴에, 친절한 태도. 거기에 사제라는 직업까지 합치면 판타지 온라인 2에서는 싫어할 사람이 아무도 없었다.

오히려 호감을 사려고 먼저 정보를 말하면 말했지.

그러나 태현은 그런 건 조금도 신경 쓰지 않는 사람.

'레벨 말하는 순간 이상하게 생각하겠지.'

20대라는 걸 말해봤자 믿지 않을 게 뻔했다.

갑자기 어색해진 분위기.

최하영과 다른 파티원들은 태현에 대해 더 묻고 싶었지만 태현이 워낙 칼같이 잘라서 더 묻지 못했다.

까놓고 말해서 레벨 50 넘는 두 플레이어를 순식간에 이긴 사람한테 뭘 물을 수 있단 말인가?

침묵을 깬 건 태현이었다.

"일단 요새로 돌아가죠? 오크들 머리는 챙겼으니까."

"그러죠!"

살았다는 듯이 파티원 중 한 명이 고개를 끄덕였다.

"여기 죽은 분은…… 72시간 후면 돌아올 테니 그때 다시 부르면 되겠죠."

"그러고 보니 너 지금 레벨 몇이야?"

"23이요!"

"뭐? 23? 벌써?"

태현은 깜짝 놀랐다. 23이라니. 지수는 그와 레벨 차이가 좀 났었다.

현재 태현은 26. 예전 차이와 비교하면 성장 속도가 어마어마하게 빨랐다.

"타이럼 레인저 패시브 스킬 중에 경험치 추가 스킬이 있던데, 그래서 그런 거 아닐까요?"

"……."

과연 영웅 직업. 그런 거라면 이해가 갔다.

'이거 곧 따라잡히는 거 아닌가 모르겠네.'

태현의 속마음을 눈치챘는지 지수가 작게 중얼거렸다.

"그러니까 타이럼 레인저로 같이 전직하시지……."

"시꺼."

태현은 캐릭터창을 켰다. 아까 대결로 인해 레벨 업을 했었다.

'드디어 2,500인가?'

현재 행운은 2,495. 딱 5만 추가로 올리면 2,500이 됐다. 물론 2,500이 된다고 딱히 무슨 일이 생기지 않을 수도 있었다.

2,500이 된다고 꼭 새로운 스킬이 나온다거나 하는 건 아니니까.

그렇지만 느낌이 달랐다.

마라톤에서 목표로 하던 중간 지점에 도달한 느낌?

딱 떨어지는 숫자란 건 그런 느낌이었다.

'이야. 그래도 뿌듯하네.'

그렇게 생각하며 행운을 5 올리는 순간!

[행운이 2,500이 되었습니다.]

[특수 조건을 만족했습니다.]

[전설 직업-<아키서스의 화신(化身)> 전직이 시작됩니다.]

"뭐?"

무의식적으로 소리가 나왔다. 그만큼 눈앞에 주르륵 나온 창들은 충격적이었다.

"뭔 전설 직업이야? 싫어, 인마! 취소! 취소!"

<전설 직업-아키서스의 화신 전직 퀘스트>

아키서스는 행운과 도박꾼의 신이다.

행운이 필요할 때 대륙의 모든 사람들이 아키서스를 찾지만, 아키서스는 다른 신들과 달리 신도들의 부름에 대답해 주지 않는다.

사제도 없고, 신전도 없는, 실제로 존재하는지 의심이 갈 정도의 신 아키서스. 그러나 이제 그런 시간은 끝났다.

당신은 필멸자로서 감당할 수 없는 강력한 행운을 갖고 있다. 아키서스가 인간으로 나타난 것이나 다름없는 당신. 아니, 아키서스 그 자체라고 해도 과언이 아닐 것이다.

아키서스의 이름을 받아들이고 그 운명에 수긍하라!

보상: 아키서스의 화신으로 전직

"시스템이 미쳤나? 이런 식의 전직 퀘스트가 어디 있어! 게다가 전설 직업인데!"

전설 직업은 몇십 단계의 복잡한 퀘스트 정도는 있어줘야 하지 않는가.

그런데 이 아키서스의 화신이란 직업은 그냥 조건 충족했다고 덜컥 주려고 하고 있었다.

물론 행운 2,500을 찍는 동안 직업을 하나도 갖지 않는다는 게 '그냥 조건'은 아니었지만…….

"거절한다!"

다른 사람들이 봤다면 피를 토하고 넘어졌을 광경!

전설 직업이 굴러 들어와도 처음에 생각했던 대로 키우려는 고집!

그러나 그 고집도 시스템 앞에서는 무력했다.

[전직을 거절할 수 없습니다.]
[아키서스의 화신으로 전직합니다.]

"뭐 이런 개 같은……! 왜 거절을 못해!"

[전설 직업으로 전직했기에 스탯 보너스를 얻습니다. 전 스탯이 50 증가합니다.]
[전설 직업으로 전직했기에 명성 스탯이 활성화됩니다. 명성 500을 얻습니다.]
[신앙 관련 직업을 얻었기에 신성 스탯이 활성화됩니다.]
[교단을 만들 수 있습니다.]
[특정 인물들의 친밀도가 증가합니다.]
[아키서스의 변덕 스킬을 얻었습니다.]
[신의 품격 스킬을 얻었습니다.]
[행운의 기도 스킬을 얻었습니다.]

쉼없이 주르륵 쏟아져 나오는 창들.
이제 현실을 부정할 수가 없었다.
그는 아키서스의 화신으로 전직한 것이다.

"……."

"무슨 일이에요!?"

갑자기 태현의 몸이 번쩍하더니, 고개를 푹 숙이자 지수는
당황했다.

표정만 보면 마치 사기라도 당한 것 같은 표정!

"나 전직됐다. 강제로."

"네? 정말요? 뭐로 됐어요?"

"전설 직업……."

"……!"

지수는 깜짝 놀랐다.

"전설 직업이요? 그거 정말 좋은 거 아니에요!?"

지수는 진심으로 축하했다. 그녀를 이제까지 계속 도와준
태현이 잘되는 건 그녀에게도 기뻤다.

물론 지금 태현에게 축하는 그냥 웅웅거리는 소음으로 들렸다.

"직업 물어봐도 되나요? 어떤 직업인지?"

"……나 접는다."

"네?"

"나 접는다고!"

"아니, 왜요!?"

"전설 직업 강제로 전직해서 접는다! 됐냐!"

그제야 지수는 태현이 예전에 했던 말들을 떠올렸다.

"자, 봐. 네가 일반 직업인데 일대일 대결에서 희귀 직업을 이겼어. 사람들은 대단하다고 하겠지? 그런데 네가 영웅 직업인데 일대일 대결에서 희귀 직업을 이겼어. 사람들이 뭐라고 하겠어? 직업빨로 이겼다고 할 거 아니야."

'그게 진심이었어!?'

"안 돼요! 판타지 온라인 2는 캐릭터 삭제했다가 다시 만들려면 엄청 오래 기다려야 하잖아요!"

"알 게 뭐야!"

태현이 이렇게까지 멘탈이 깨진 건 드문 일이었다.

"나 먼저 로그아웃한다. 너도 네 할 일 해. 저기 파티 조합 괜찮으니까 같이 다니면서 레벨 업 하는 것도 괜찮겠지."

"형? 형? 안 돼요! 기다려 봐요! 잠깐만! 형 캐릭터 삭제하면 난 연락처도 모르는데……!"

[김태현 님이 로그아웃했습니다.]

"야! 이 나쁜 놈아!"

지수는 진심을 담아서 소리쳤다.

'캐릭을 삭제하더라도 밖에서 연락할 방법은 알려줘야지!'

친하다고 생각했는데. 갑자기 서운해졌다.

캡슐에서 일어나며, 태현은 욕설을 내뱉었다.

"이런 XX 같은 게임 시스템을 봤나! 뭐? 극한의 자유도? 뭔 놈의 극한의 자유도가 직업 거절도 못 해!"

아무리 욕을 해도 쉽게 분이 풀리지 않았다.

'캐릭을 삭제해 버려?'

그러나 캐릭은 쉽게 삭제할 수 없었다.

판타지 온라인 2는 캐릭을 삭제하고 다시 만드는 것에 엄격했다.

삭제하고 다시 만들려면 적어도 1년은 걸리는 상황.

"그 캐릭터가 좋든 싫든 네 캐릭터에 책임을 져라!"

이게 판타지 온라인의 주장이었다.

여기서 1년이 지나면 랭커들은 정말 따라잡는 게 불가능해질 것이다.

게다가 태현 성격으로 1년 동안 기다리는 것도 힘들었다.

판타지 온라인 2는 그만한 게임이었다.

전 세계에서 독보적인 가상현실 온라인 게임.

"하, 진짜……. 하, 진짜……! 아, 이 개 같은……!!"

그러나 태현의 불운은 여기서 끝이 아니었다.

똑똑!

"아들, 있냐?"

"있습니다. 왜요?"

문을 열고 들어온 김태산의 얼굴에는 미소가 떠올라 있었다.

그걸 본 태현은 갑자기 불안해지는 것을 느꼈다.

그의 아버지가 저렇게 웃을 때는 보통 뭔가 사악한 음모를 꾸몄을 때였으니까.

"……뭡니까? 뭘 했습니까?"

"내가 뭘?"

험상궂은 얼굴에 어울리지 않는 미소!

태현은 점점 더 불안해지는 걸 느꼈다.

"왜? 찔리냐?"

"뭐가 찔려요?"

"찔리는 게 없다고? 가슴에 손을 얹고 다시 생각해 봐라."

"없는데요?"

"이 자식이 생각도 안 해보고!"

"없으면 없는 거지 뭘!"

"너 인마! 너 강씨네 순댓국밥집에서 뭐라고 했어!"

"……!"

태현은 깜짝 놀랐다.

"아니, 그걸 어떻게?"

"이 자식! 이제 털어놓는군!"

김태산은 등산을 좋아했다. 어느 날 동네 뒷산을 가볍게 올라갔다 내려오는데 아는 얼굴이 그를 불렀다.

"어르신, 안녕하십니까?"

"어, 그래. 자네는 언제 봐도 건장하군."

"하하! 감사합니다."

"그래도 술은 좀 적게 마시게나."

"네? 저 술 끊은 지 좀 됐습니다만?"

아내의 성화로 술을 끊은 김태산이었다.

"그래? 이상하네. 분명 자네가 술을 많이 마셔서 좀 헛소리를 한다고……."

노인은 손가락을 머리 옆에 두고 빙빙 돌렸다. 무슨 뜻인지 확실하게 알 수 있었다.

"아니, 어떤 쳐죽일 놈이 그런 헛소리를 퍼뜨리고 다닌답니까!?"

김태산은 울컥해서 외쳤다. 덩치도 산만한 사람이 분노해서 그렇게 외치자 노인은 움찔했다.

"아, 아니…… 사람 참. 진정하게."

"진정하게 됐습니까? 멀쩡한 사람 이상하게 만들어놓고! 누굽니까! 당장 말하십쇼!"

"아니, 나도 누군지는 잘 몰라…… 강씨 순댓국밥집에서 밥 먹는데, 누가 자네에 대해서 떠들더라고. 그냥 들은 거야."

"어떻게 생긴 놈인데요!"

"어…… 그러니까 말이야. 키는 자네처럼 크고……."

"그리고요?"

"덩치도 자네처럼 컸어. 어깨가 딱 벌어졌지."

"……그리고요?"

"생각해 보니 얼굴도 자네처럼 험상궂…… 아니, 크흠. 사내답게 생긴 얼굴이었지."

"……."

김태산은 핸드폰을 꺼내서 태현의 사진을 켰다.

"혹시 이렇게 생긴 놈입니까?"

"그래! 이 사람이야!"

"이놈 시키……!"

감히 하늘 같은 아버지를 술주정뱅이로 몰아!?

쾅!

태풍처럼 집으로 돌아온 김태산은 서재에 앉아서 곰곰이 생각에 잠겼다.

어떻게 복수를 해야 할까?

말싸움이나 몸싸움은 별로 효과가 없었다.

말싸움으로 태현에게서 이긴 적이 별로 없었고, 몸싸움은 이제 젊은 태현을 이기기 힘들었다. 게다가 아내까지 끼어들면……

'나만 구박받겠지.'

이렇게 된 이상 헛소문을 퍼뜨려?

그런데 딱히 퍼뜨릴 헛소문이 없었다. 게다가 태현은 그처럼 소문에 신경을 쓰지 않았다.

바바리맨이라는 소문이 퍼져도 태연하게 고개 들고 나갈 사람이 태현이었다.

'내 아들이지만 진짜 뻔뻔한 놈이라니까!'

게다가 태현의 헛소문이 퍼뜨려지면 결국 체면이 깎이는 건 태현의 아버지인 그였다.

생각하니 더 억울했다.

저놈은 온갖 깽판을 쳐도 손해 보는 게 없지 않은가! 저놈은 잃을 게 없었고 그는 잃을 게 많았다.

'내가 반드시 이번에는……!'

태현이 싫어하는 게 뭘까?

아들의 약점을 진지하게 한 시간 넘게 고민하던 김태산은 번뜩이는 아이디어가 떠오르는 것을 깨달았다.

"그래! 윤희!"

그의 약점이 그의 아내이듯이, 태현의 약점도 태현의 어머니였다.

실제로 태현은 어머니가 하라는 건 이제까지 거절한 적이 없었으니까.

"크하하하하! 크하하하하하하하하하하하하! 이놈! 두고 봐라!"

태현의 구겨질 얼굴을 생각하며, 김태산은 서재가 떠나가라 크게 웃었다.

"조용히 해요!"

"응……."

물론 바로 멈춰야 했지만.

"거, 순댓국밥집 손님들이 입이 싸네요. 비밀도 안 지켜주고."

"후후. 그래. 지금 실컷 좋아해 둬라. 아들아."

"……?"

태현은 진짜로 불안해지기 시작했다.

원래 이런 도발을 하면 아버지가 넘어와야 하는데, 이번에는 정말 여유롭게 웃고 있었다.

다혈질인 그의 아버지라고는 생각되지 않을 정도였다.

'대체 뭘 꾸민 거야?'

"태현아?"

"어머니?"

"네 아버지한테 들었단다. 네가 게임으로 뭔가를 해본다면서?"

"네?"

"나는 몰랐는데, 들어보니 괜찮더구나. 요즘은 그것도 하나의 직업이 될 수 있다고 하고."

프로게이머까지 가지 않더라도, 판타지 온라인 2의 랭커들은 개인 방송만으로도 충분한 수익을 올릴 수 있었다.

게다가 이세연처럼 스타성이 뛰어난 플레이어들은 그냥 연예인과 동급인 수준!

"네가 그렇게 좋아하는 데에는 이유가 있겠지? 이 어미는 게임 같은 건 단순히 취미라고만 생각했는데, 그것도 직업이 될 수 있다면 나쁘지 않겠다고 생각했단다. 무엇보다 네가 좋아하는 거잖니."

"아니, 어머니, 그게 아니라요……"

태현에게 게임은 단순히 취미였다.

판타지 온라인 1을 할 때도 엄청 많은 제안이 왔었다.

"우리 같이 길드에 들어와서 본격적으로 방송해 보자."

"판타지 온라인 1의 프로게이머 팀을 만들려고 하는데 너를 꼭 넣고 싶다! 무슨 자리든 줄 테니 꼭 와다오!"

물론 태현은 단칼에 거절했다.

게임은 놀려고 하는 거지 돈을 벌려고 하는 게 아니었으니까!

마찬가지 이유로 개인 방송도 하지 않았다.

다른 랭커들은 하나하나 개인 방송을 할 때 태현은 개인 방송 같은 건 하지도 않고 랭커들을 썰고 다녔다.

덕분에 태현의 팬들은 태현에게 썰리는 랭커들의 개인 방송으로 태현의 모습을 찾아야 했다.

그런데 이제 와서 그런 쪽으로 가보라니.

태현에게는 날벼락 같은 소리였다.

"저는 그냥 이거 놀려고 하는 건데……."

"놀려고 하는 거라면 시간을 줄이렴."

너무 맞는 말이라서 반박할 수가 없었다.

"그만큼 시간을 쏟는다는 건 그만큼 좋아한다는 거지. 그만큼 좋아한다면 그쪽에서 길을 발견해 보렴."

"길이라는 건, 그러니까……."

정윤희는 김태산을 쳐다보았다. 김태산은 씩 웃으면서 말했다.

"게임 내에서 순위권 안에 들어서 유명해지거나, 아니면 재밌게 개인 방송을 해서 방송 순위권 안에 들거나, 그도 저도 아니면 게임으로 돈을 많이 벌거나. 이 정도는 되어야 길을 찾은 거 아니겠냐?"

태현의 표정이 점점 구겨졌다. 그걸 본 김태산은 속이 시원했다.

십 년 묵은 체증이 내려가는 기분!

"그러면 이 어미는 이만 가보마."

돌아선 정윤희의 뒷모습에서는 절대로 마음을 바꾸지 않겠다는 단호함이 느껴졌다.

태현도 잘 알고 있었다.

그의 어머니는 한 번 정하면 절대 물러서지 않는 사람이라는 것을.

옆을 보니 김태산은 행복해서 죽으려고 하고 있었다.

"크핫핫핫핫!"

"후……."

인정할 수밖에 없었다. 이번에는 아버지한테 졌다는 것을.

"앞으로는 하늘 같은 아버지를 욕할 때에는 다시 한번 생각해 보고 하는 게 좋을 거다! 이렇게 천벌이 내려오니까!"

"그래요. 아버지. 이번에는 제가 완전히 졌습니다."

패배 선언!

김태산은 양팔을 번쩍 들어 올렸다. 나이를 먹은 사람이라고는 믿기지 않을 정도의 유치함!

그러나 두 부자(父子)는 전혀 신경 쓰지 않았다.

"까짓것…… 해보죠. 제가 하기 싫어서 안 한 거였지, 마음만 먹으면 랭커든 프로게이머든 스트리머든 할 수 있거든요?"

"그래. 열심히 해봐라!"

김태산은 알고 있었다.

태현이 게임을 할 때 온갖 개폼을 잡는다는 것을.

'게임의 진수는 약한 캐릭터를 키워서 강한 캐릭터를 잡아 먹는 것'이나 '게임은 놀려고 하는 거지 돈을 벌거나 유명해지려고 하는 게 아니다' 같은 개폼 잡는 대사!

그리고 태현은 그의 아들답게 스스로 세운 원칙을 트는 걸 매우 싫어했다.

태현은 게임 방송을 하는 것만으로도 정신에 엄청난 데미지를 입을 것이다.

그것만 생각해도 깨소금 맛!

"아들 방송하면 내가 꼭 구경 가주마!"

"아버지…… 이게 끝이라고 생각하지 마십쇼."

"그래? 난 끝 같은데?"

과연 아버지와 아들이었다. 태현이 비아냥거리는 솜씨가 그 냥 나온 게 아니었다.

"제가 며칠 전에 아버지가 뭘 사신 걸 봤습니다."

"……!"

"캡슐 사셨더라고요?"

"네, 네가 잘못 본 거겠지. 난 그런 거 산 적 없다."

김태산의 눈빛이 떨렸다.

사실 산 게 맞았다.

리X지로 다져진, 왕년의 게임 폐인 김태산!

성주 자리에서 맺은 끈끈한 인연들은 아직까지 연락하고 있었다.

당연히 게임을 좋아했다. 태현이 게임에 빠진 이유의 절반 정도는 어렸을 때 김태산의 가정교육 때문이었다.

가정교육을 리X지로 받은 사람이 바로 태현이었다.

"아들! 이거 재밌는데 같이하자!"

물론 태현이 중학생이 되고, 고등학생이 되자 공부를 시켜야겠다고 생각한 김태산은 게임을 접었다.

먼저 모범을 보여야 하니까!

물론 그렇다고 해서 태현이 게임을 안 한 건 아니었다. 태현은 게임도 하고 성적도 잘 나왔다.

아들이지만 정말 얄미운 놈이었다.

어쨌든 하도 태현에게 게임 그만하라고 구박을 해서, 태현 앞에서 게임을 다시 시작하는 건 뭔가 부끄러웠다.

하지만 판타지 온라인 2는 너무 재밌어 보였다.

광고도 그렇고, 이제까지 나온 가장 완벽한 가상현실 게임이라는 평가가 정말 그럴듯했다.

캡슐에 들어가서 현실에서는 체험할 수 없는 온갖 체험을!

'윤희랑 같이 들어가서 오붓하게 놀면……'

집안에서 세계여행보다 더 재밌게 놀 수 있을 것 같았다.

그래서 캡슐을 샀다. 부부용으로 두 개. 물론 태현한테는 숨겼다.

아는 순간 엄청나게 놀릴 테니까!

"제가 잘못 봤든 잘못 안 봤든…… 어쨌든 아버지가 판타지 온라인 2에 들어오시면……"

태현은 말끝을 흐렸다.

"저보다 레벨이 낮겠죠?"

"……!"

"저 보면 도망치셔야 할 겁니다."

보는 순간 죽인다!

"이놈 시키……!"

두 부자는 서로를 노려보았다. 눈빛 사이에서 불똥이라도 튈 것 같았다.

"후욱, 후욱, 후욱……"

김태산과의 대화를 끝내고, 태현은 운동을 하고 있었다.

근육질의 단련된 몸을 한계까지 몰아붙이는 가혹한 운동!

샤워를 해도 찜찜한 마음은 사라지지 않았다.

"후, 진짜……."

지금 상황을 보니 캐릭터 삭제는 물 건너갔다. 아쉬워도 끝까지 잡고 키워야 했다.

'전설 직업이라…… 좋기는 한데…….'

열이 받아서 확인도 안 하고 껐지만, 본 창만 따져도 전설 직업은 엄청나게 좋았다.

괜히 전설 직업이 아닌 것!

'일단 다른 사람들 방송부터 보자.'

태현은 자리에 앉아서 방송을 찾았다.

어머니의 말은 한마디로 이거였다. 게임에서 미래의 길을 찾아라.

돈을 벌거나, 유명해지거나.

사실 둘 다 비슷한 의미였다. 게임으로 돈을 많이 벌려면 유명해질 수밖에 없었다.

게임으로 유명해지면 자연스럽게 돈이 벌렸다.

판타지 온라인 1 때도 유명 랭커들은 게임 방송에 나와서 연예인 취급을 받았으니까.

아예 팀을 만들어서 기업 광고도 달고 다니는 사람들도 있었고…….

'나는 거절했지만.'

그도 아니면 개인 방송으로 인기를 끄는 사람들도 있었다. 예전과는 달랐다. 이제는 개인이 방송하기 쉬웠다.

'좋아. 한 번 뭐가 있는지 봐야겠다.'

지금 인기 있는 사람들은 뭘 하고 있을까?

태현은 판타지 온라인 2 방송 목록을 켰다.

방송국에서 하는 채널은 일단 넘어가고, 개인 방송을 보면……:

랭커들이 순위가 높았다.

이세연은 부동의 1위였다. 외모에 실력에 온갖 스타성이 다 합쳐졌으니 당연했다.

그 밑으로 다른 랭커들도 있었다.

랭커들은 방송을 대충 진행해도 인기가 많았다. 딱히 재미있는 말을 하지 않아도, 외모가 딸려도, 랭커라는 건 엄청난 강점이었다.

비유하자면, 다른 사람들은 다 마을 주변에서 놀 때 랭커들은 저 멀리 위험한 던전을 깨고 그걸 방송하는 것이다.

정보를 얻으려는 사람, 재미로 보는 사람…… 사람들이 팍팍 몰렸다.

"어라? 왜 상윤이는 없지?"

태현은 방송 목록을 내렸다. 그의 소꿉친구, 최상윤은 90을 넘긴 랭커였다. 저번에 물어봤을 때 그렇게 말했다.

게다가 판타지 온라인 1 때부터 방송도 하고 있으니, 여기 없을 리가 없었다.

"뭐지? 이상하네."

일단 나중에 물어보기로 했다. 지금 중요한 건 아니었으니까.

'얘가 이런 걸로 거짓말할 애가 아닌데……'

방송 순위권에는 랭커들만 있는 게 아니었다.

컨셉을 잡고 방송을 재미있게 하는 사람들도 있었다.

레벨은 그렇게 높지 않더라도 재미만 있으면 사람은 몰렸으니까.

[요리사 희귀 직업! 오늘은 독을 섞은 레시피를 만들어본다! 과연 먹으면 어떻게 될까?]

[대장장이가 장비 깨질 때까지 강화!]

[프로 낚시꾼이 알려주는 낚시 팁!]

그리고 이런 방송들은 독특한 직업들이 많았다.

'생각해 보니 내 캐릭터도 이런 걸로 갈 수 있겠는데……?'

[행운만 2,500 넘게 찍은 캐릭터!]

사람들이 안 믿을 것 같기는 했다. 그리고 태현은 방송을 재 밌게 할 자신이 없었다.

시청자들에게 말을 걸고 재밌게 컨셉을 잡는 것도 능력.

그리고 태현은 그런 것과는 거리가 멀었다.

'역시 랭커가 가장 빠르려나?'

레벨이 순위권에 든다면 방송을 딱히 재밌게 하지 않아도 사람들이 몰려올 것이다.

지금 전설 직업이라는 걸 공개하는 것도 방법이겠지만, 태현은 그럴 생각이 없었다.

'지금 전설 직업이라는 거 공개하면 엄청 귀찮아질 거 같다.'

이세연은 길드 마스터인 데다가 본인이 랭커였으니 전설 직업을 공개해도 상관이 없었다.

누가 와서 귀찮게 하더라도 그냥 힘으로 밀어붙이면 그만!

그러나 태현은 아니었다.

괜히 직업을 공개했다가 우리 길드에 와라, 저 길드는 가지 마라, 이런 식의 귀찮은 일만 일어날 수 있었다.

적어도 어느 정도가 되기 전까지는 공개하면 안 됐다.

[현재 랭킹 2위 스미스가 전설 직업 퀘스트에 도전 중!]

"전설 직업에?"

사실 랭커들 사이에서 랭킹 순위는 크게 의미가 없었다.

저건 보통 보는 사람들이 레벨로 순위를 매기는 건데, 레벨

1~2 높다고 꼭 강하다는 건 아니었으니까.

실제로 태현은 미친 듯이 높은 행운 스탯과 컨트롤로 30 가까운 레벨 차이를 씹어 먹지 않았는가.

레벨도 레벨이지만 스탯을 얼마나 올렸는지, 스킬을 얼마나 올렸는지, 아이템은 뭘 끼고 있는지…… 이런 것도 중요했다.

그래도 사람들은 순위를 매기는 걸 좋아했다. 랭킹 2위는 현재 공개된 레벨로 2위라는 것이나 마찬가지!

'레벨이…… 105?'

갖고 있는 아이템들과 쓰는 스킬을 보니 기사 계열 직업 같았다.

'이놈도 꽃미남이네.'

지수가 여성적인 느낌의 미소년이라면 이 스미스라는 놈은 말 그대로 귀공자 같은 꽃미남!

태현은 일단 잘생긴 사람을 싫어했다.

'퀘스트 실패해라.'

1초도 망설이지 않고 바로 보내는 저주.

그러나 실패할 것 같지는 않았다.

뒤에는 어디서 구했는지 기사들이 부하로 있었다. 레벨 70~80은 거뜬히 넘어 보이는 기사들이었다.

게다가 입고 있는 장비들은 빛이 번쩍번쩍 났다. 화려하게 빛을 뿜어내는 장비들은 보는 것만으로도 눈부셨다.

-맹렬한 돌격!

백마 위에서 창을 강하게 찌르자 전사 세 명이 그대로 튕겨
나갔다. 무시무시한 위력이었다.

-스미스 진짜 전설 직업 따냐?

-따야 재밌지. 이세연 혼자 독주하는 것보다는 그게 재밌지 않냐?

-이세연은 대체 어떻게 그렇게 게임을 잘하지? 걔 판타지 온라인 1에
서도 랭커였지?

-어, 그러고 보니 김태현도 한국인이었네. 한국인들이 다 해먹는다
니까.

-한국인이잖아. 한국인은 원래 게임을 잘해. 유전학적으로 증명된
거라고.

-뭔 개소리야?

-스미스 오빠 사랑해요!

-스미스 재수 없음. 그냥 망했으면. 얘 집도 금수저라며?

-야, 그러고 보니 김태현은 뭐하나? 접었나? 나 걔 좋아했는데.

태현은 왠지 찔리는 걸 느꼈다.

-김태현이 진짜였지. 그때 이세연도 이길 수 있었는데!

-접은 놈 이야기는 됐고.

-금수저로 따지면 이세연도 금수저거든?

-이세연은 왜 나와? 스미스 이야기하는데.

-미국인이라면 제발 스미스 응원합시다!

-지금 퀘스트 깨는 거 보니까 무난하게 전설 직업 얻을 거 같은데…….

댓글창은 혼돈이었다.

온갖 나라의 사람들이 몰려와서 떠드는 난장판!

미국인들은 같은 나라 사람인 스미스를 응원하고 있었다.

'깰 것 같긴 하다.'

분위기라는 게 있었다.

스미스에게서는 확실한 자신감이 느껴졌다. 뒤에 있는 파티와 NPC들에게서 오는 자신감. 자기 실력에서 오는 자신감.

게다가 이렇게 방송을 할 정도면 준비는 다 했을 것이다.

실패할 가능성이 있으면 방송을 안 했을 테니까.

태현은 결과를 보지 않고 방송을 껐다.

이걸 볼 이유가 없었다.

'그래. 그만 찌질대고 게임이나 하자!'

억지로 전설 직업이 되었다고 계속 징징대 봤자 달라지는 건 없었다.

이제 받아들이고 키울 시간이었다.

랭커를 향해서!

들어온 태현은 일단 스탯부터 확인했다.

이름: 김태현

레벨: 26

직업: 아키서스의 화신

HP(체력): 1,200

MP(마력): 1,200

힘: 100 (+20), 민첩: 100

체력: 100, 지혜: 100

행운: 2,550

보너스 스탯: 0

추가 스탯은 넘어가더라도, 레벨과 비교했을 때 어마어마한 스탯이었다.

극단적으로 낮았던 다른 스탯들도 전설 직업으로 전직한 보상 덕분에 꽤나 균형이 맞춰진 상태.

'전설 직업이 좋긴 하네.'

다들 높은 등급의 직업을 찾는 이유가 있었다.

더 높은 스탯, 더 좋은 스킬이 나올 가능성이 높았으니까!

보통 다른 플레이어들은 레벨 26 정도까지 키웠을 때, 여유 스탯을 이렇게 많이 받지 못했다.

레벨 업 해서 받는 125에 퀘스트 보상 같은 걸 합쳐도 200 이하.

정말 악착같이 퀘스트 보상을 다 챙긴 캐릭터여도 300을 넘지 못했다.

그러나 태현은 총합만 보면 거의 3천.

어마무시한 스탯 양이었다.

'그러면 스킬은……'

전설 직업으로 전직하고서 얻은 스킬. 이건 태현도 솔직히 조금 기대가 됐다.

직업 등급 중의 최고, 전설 직업.

당연히 스킬도 태현이 놀랄 만큼 화려할 것이 분명했다.

CHAPTER 2

CHAPTER 3

태현은 두근거리는 마음으로 스킬을 확인했다.

<아키서스의 변덕>
보상으로 얻는 스탯이 늘어납니다. 스탯이 랜덤으로 배분됩니다.

스탯은 모든 플레이어들이 원했다. 레벨 업으로 얻는 스탯은 너무 적었다.

보통 퀘스트나 아이템으로 보충하게 마련이었다.

그런 면에서 얻는 스탯의 양 자체가 늘어나는 패시브 스킬은 사기 스킬이나 다름없었다.

태현은 기뻐하다가 멈칫했다.

'잠깐, 랜덤으로 배분된다니. 이게 무슨 소리?'

생각해 보니 좋은 게 아니었다.

스탯을 원하는 스탯에 넣을 수 없고, 랜덤으로 올라가는 형태!

'이게 뭐⋯⋯?'

순간 밀려오는 억울함!

태현은 첫 번째 전설 직업 보유자가 아니었다.

이세연이 먼저 전설 직업으로 전직을 했기에, 전설 직업이 얻는 스킬들이 대충 어떤지 알고 있었다.

방송에서도 몇 번 나왔으니까.

이세연의 전설 직업 전용 스킬들은 말 그대로 화려한, 네크로맨서의 정점을 찍은 스킬!

언데드들을 강화시키는 오러부터 시작해서 사제들의 신성 마법을 차단하는 저주, 강화된 데스 나이트 소환까지.

방송에서 공개한 스킬만 그 정도였으니, 실제로는 더 강력한 스킬들을 여럿 숨기고 있을 것이다.

이세연도 랭커니 방송에서 중요한 정보를 숨길 테니까.

그런데 아키서스의 화신은 같은 전설 직업이면서 뭔가 스킬이 다 미묘했다.

'아니⋯⋯ 이럴 거면 차라리 전직 거부를 받아주던가⋯⋯.'

다른 전설 직업보다 구린데, 다른 사람들이 보기에는 전설 직업이라서 구리다는 변명도 할 수 없었다.

'에이. 전설 직업인 건 진짜 숨기고 다녀야지.'

지금 알리면 귀찮아지는 것도 있었지만, 나중 가도 숨기고 싶어졌다.

"직업 빨로 이기는 놈!"

이런 소리를 듣고 싶지 않았다.

'다음 스킬 보자.'

<신의 품격>

행운 수치에 따라 회피율, 치명타율이 올라갑니다. 레벨 업에 필요한 경험치가 올라갑니다.

지금도 태현의 회피율과 치명타율은 무시무시할 정도였다. 레벨이 낮은 몬스터들은 제대로 된 데미지를 주지 못할 정도!

그런데 행운 수치에 따라 더 올라간다니.

얼마나 올라갈지는 태현도 정확히는 알 수 없었지만, 어마어마할 게 분명했다.

'어?'

그 뒤 문장을 읽은 태현은 경악했다.

행운 수치에 따라 레벨 업에 필요한 경험치가 올라간다고?

'아니, 잠깐, 잠깐만……?'

현재 태현의 행운 수치는 2,550!

그야말로 독보적인 수치.

그렇다면 레벨 업에 필요한 경험치가 얼마나 올라간다는 것인가?

'이런 미친……!'

빠르게 레벨을 올려서 랭커로 이름이나 알리려고 했던 태현으로서는 날벼락이었다.

캐릭터의 강함과 상관없이 레벨 자체가 엄청나게 느리게 오를 테니까.

'아, 진짜…….'

태현은 머리카락을 긁적이며 생각에 잠겼다.

'판타지 온라인 1 때처럼 해야 하나?'

사실 어떤 플레이어가 강하느냐, 이런 문제는 쉽게 판단할 수가 없었다.

다른 사람들이야 누가 세다, 누가 세다 하지만 그 결과를 누가 알겠는가?

그러니 레벨로 순위를 매기고 하는 것이었다.

그러나 실제로 싸워보면 결과는 알 수 없는 법.

판타지 온라인 1에서 태현이 랭커들을 사냥하고 다니기 전에 '내가 가장 세다!'라고 말했다면 아무도 믿지 않았을 것이다.

결국 가장 좋은 방법은 실제로 보여주는 것.

사실, 태현은 지금 빠르게 명성을 얻는 방법이 있었다.

그냥 판타지 온라인 1 때 김태현이 그라고 밝힌 다음 방송을 시작하면 됐다.

그러지 않는 이유는 단 하나.

'그랬다가는 복수하겠다고 전부 몰려올 테니⋯⋯.'

사람은 원래 원한을 쉽게 잊지 않았다.

판타지 온라인 1의 랭커들은 당연히 2도 거의 하고 있을 것이다.

태현한테 썰렸으니 당연히 이를 갈고 있겠지!

'끙. 이것도 결국 캐릭터 좀 키우고 할 수밖에 없나. 레벨 업에서 밀리니 퀘스트 보상 위주로 키우고.'

판타지 온라인 1 때처럼 랭커 사냥을 하더라도, 어느 정도의 강함은 필수!

지금 레벨 26짜리 캐릭터로는 어림도 없었다.

아무리 회피를 한다고 하더라도 고렙 플레이어 정도 되면 태현의 움직임을 멈출 방법이 몇 개 정도는 있을 것이다.

일단 태현의 움직임만 멈추면 그다음부터는 아무리 행운이 높다고 하더라도 일방적인 싸움이 되겠지.

'그래. 더 키워야겠다.'

그러나 태현은 모르고 있었다. 아키서스의 화신이 왜 전설 직업인지.

전설 직업이라는 건 다 그만한 가치가 있는 법이었다.

"김태현이 돌아왔습니다!"

"거봐! 내가 뭐라고 그랬어! 돌아온다고 했잖아!"

최명성은 기쁨의 환호성을 질렀다.

당시에 그들은 모니터실에서 태현이 전설 직업으로 전직하는 걸 실시간으로 보고 있었다.

그리고 태현이 전설 직업을 얻자 최명성은 소리를 질렀다.

판타지 온라인 1의 그 김태현이 전설 직업을 얻다니. 앞으로 어떻게 할지 정말 기대된다!

그러나 태현은 몇 마디 나누더니 그대로 로그아웃해 버렸다.

"방, 방금 뭐라고 했죠?"

"어…… 접는다고 한 거 같은데."

"잘못 들은 거 아냐?"

"아니, 진짜 접는다고 한 거 같은데."

최명성은 그 말을 한 직원의 어깨를 양손으로 붙잡았다.

"아, 아야야! 팀장님! 아파요!"

"네가 잘못 들은 거야."

"네?"

"네가 잘못 들은 거라고!"

현실 부정!

김태현한테 많은 기대를 하고 있는 최명성에게 그가 접는다는 건 상상도 못 한 일이었다.

그리고 김태현은 돌아왔다.

어딘가 포기한 표정이었지만 뭐 어떤가, 돌아왔다는 게 중요하지!

"팀장님, 어떻게 할까요?"

"이세연 때처럼 해. 직업 이름은 말하지 말고, 2번째 전설 직업 나왔다고."

"사람들이 궁금해 죽겠는데요?"

"그렇지. 지금 랭커들은 다 자기들을 홍보하고 다니니까."

개인 방송은 기본이고 공중파까지 나와서 홍보를 하려는 게 랭커들이었다.

판타지 온라인 2에서의 순위는 그 자체로 흥행보장이 된 수표나 마찬가지였다.

그만큼 판타지 온라인 2는 인기를 끌고 있었다.

이세연도 방송을 하고 있었으니, 판타지 온라인 측에서 발표를 하지 않아도 사람들은 전설 직업이 나왔다는 걸 알 수 있었다.

그러나 태현은 지금 방송을 하지 않는 상황.

판타지 온라인 측이 발표를 하면 사람들이 매우 놀랄 것이다.

"대체 어떤 놈인데 아무도 모르게 전설 직업이 된 거지?"

"그래도 사람들이 너무 궁금해할 텐데, 정보 좀 풀어주는 게 낫지 않나요?"

"멋대로 정보를 풀면 안 되지. 공평하지가 않잖아."

"그래도……."

"게다가 이런 방법도 나쁘지 않아. 한동안 또 이걸로 떠들지 않겠어? 공개를 하지 않으면 그건 그거 나름대로 화제가 될 거야."

'과연 이번에 나온 전설 직업은 무엇일까?'

'어떤 사람이 전설 직업을 얻었을까?'

'왜 전설 직업인데도 공개를 하지 않을까?'

이런 식으로 한동안 떠들썩해질 것이다. 이런 것도 좋았다.

그리고 최명성은 김태현을 방해하고 싶지 않았다.

'과연 어디까지 갈까?'

"형!"

"아. 깜짝이야."

지수는 눈물이 글썽거리는 얼굴로 태현에게 달려들었다.

"접지 마요! 접을 거면 연락처라도 알려주고 가요!"

"얘가 진짜…… 안 접어."

"네?"

"안 접는다고."

"진짜요?"

"내가 너한테 거짓말해서 뭐하게?"

지수는 활짝 웃었다. 그걸 본 태현은 점점 기분이 찜찜해졌다.

'얘 진짜 남자 좋아하는 건 아니겠지?'

딱히 태현이 편견을 갖고 있는 건 아니지만, 태현은 어디까지나 여자를 좋아했다.

그런데 지수가 보여주는 눈빛은 자꾸 사람을 오해하게 만들었다.

여자애처럼 예쁘장한 애가 눈물을 글썽거리면서 눈을 반짝이니…….

"형. 연락처 교환해요!"

"뭐?"

"전화번호요, 전화번호!"

"……."

태현이 머뭇거리자 지수가 슬며시 말을 돌렸다.

"아니면 카X오톡 아이디라도……."

"……."

"왜 대답이 없어요! 내가 그거 갖고 뭐 이상한 짓이라도 할 거 같아요?"

"나중에 교환하자. 나중에."

태현은 급히 말을 돌렸다. 지수는 볼을 부풀렸지만 태현이 싫어하는 것 같아서 더 이상 말하지 않았다.

"그나저나 나 없는 동안 파티원들이 뭐라고 안 했어?"

요새로 돌아와서 쉬는 사이 멋대로 나가 버렸으니 파티원들 입장에서는 당황스러웠을 것이다.

"제가 잘 말해놨어요. 일이 생겼다고 하니까 알았다고 하던데요. 먼저 다른 퀘스트 좀 깨고 있겠다고……."

요새 안의 NPC들이 여럿 있었으니, 들어온 이상 여러 퀘스트를 받는 게 좋았다.

판타지 온라인은 퀘스트를 안 하고 레벨 업만 하면 약해질 수밖에 없었다.

다른 플레이어들은 퀘스트 보상으로 스탯과 스킬을 쌓아가는데 레벨 업만 해봤자 무슨 의미가 있겠는가.

"그래? 생각보다 별말 안 했네."

"처음부터 같이 파티한 게 아니라 중간에 임시로 해서 그런 거 아니에요? 그리고 형이 그 사람들도 다 잡아줬잖아요. 거기서 뭐라고 하면 양심 없는 거 아니에요?"

"원래 사람들은 그렇게 딱딱 맞춰서 행동하지 않는단다. 게다가 아이템도 내가 다 먹었잖아? 불만이 있을 수도 있지. 없다니 다행이네."

태현은 백부장에게 다가갔다.

최하준과 최하영 파티는 오크 머리 10개만 가져가면 퀘스트가 끝났지만, 태현과 지수는 그게 아니었다.

오크 부족의 근거지를 파괴하고 부족장을 죽여야 하는 하드코어한 난이도의 퀘스트!

태현은 지금 이걸 깰 생각이 없었다. 지금 이걸 깬다는 건 죽으러 가기 딱 좋은 짓이었다.

태현은 어떻게든 백부장에게 잘 말해서 퀘스트를 취소할 생각이었다.

퀘스트를 취소할 때는 보통 페널티가 붙었다.

친밀도가 내려가거나, 명성이 내려가거나…… 다양한 페널티가 있었다.

그러나 그 취소도 어떻게 하느냐에 따라 많이 달라졌다.

판타지 온라인 2는 강력한 인공지능으로 만들어진 가상세계. NPC들은 실제 사람들과 똑같았다.

말 한마디로 천 냥 빚을 갚는다!

"백부장님. 여기 오크들을 사냥해 왔습니다."

"오! 자네인가! 역시 믿고 있었네. 저런 비리비리한 다른 왕국 놈들하고는 비교도 할 수 없지! 암!"

호탕하게 웃는 백부장. 태현은 그를 보며 말을 꺼낼 타이밍을 노렸다.

'언제 꺼내지?'

"저, 백부장님. 그런데 말입니다. 이 오크들이 생각보다 만만치가 않아서……."

"오크 머리를 베어온 솜씨를 보니…… 정말 대단하군! 이봐! 여기 와서 이것 좀 봐봐."

"뭔데?"

백부장이 다른 동료를 부르자 태현은 불길함을 느꼈다.

'설마……'

"정말 대단하지 않아?"

"그렇군. 모험가치고 깔끔한 솜씨야."

"지휘관님에게도 말씀드리는 게 좋지 않을까?"

"그거 좋지!"

"아니, 백부장님. 그러니까 족장의 머리를 잘라오는 건 좀……."

"자네라면 할 수 있을 거야! 하하!"

들지도 않고 돌아서는 두 백부장! 태현은 사실 그의 친밀도가 마이너스가 아닌지 의심됐다.

이게 엿을 먹이려는 거지 믿고 맡기는 건가?

너무 높은 행운 수치와 친밀도 때문에 나온 희귀 퀘스트. 어떻게든 취소를 하려고 하는데 만만치가 않았다.

태현은 친밀도 하락을 각오했다.

"야, 백부장! 내 말 좀 듣고 가라고!"

"음?"

지수는 화들짝 놀라 태현을 쳐다보았다.

"왜, 왜 그래요? 갑자기?"

NPC들에게 무례하게 굴면 위험했다. 친밀도 하락은 기본이고 운이 없으면 처벌까지 당할 수 있었다.

게다가 여기는 요새 안. 백부장 밑의 병사들이 많았다.

"괜찮아. 친밀도 때문에 공격은 안 당해. 아마 화를 내면서 친밀도가 깎이겠지. 퀘스트도 취소당할 거고."

백부장은 가다가 돌아서서 태현에게 걸어왔다. 그 위압적인 모습에 지수는 침을 꿀걱 삼켰다.

"야라고?"

"그래."

"자네…… 진작 그러지 그랬나!"

"……!?"

"자네 같은 모험가라면 친구로 지내도 좋지! 편하게 부르거나!"

"이런 개 같은 시스템을 봤나!"

욕을 해도 좋아하는 백부장! 태현은 깨달았다.

지금 그는 어지간해서는 친밀도를 깎을 수가 없다는 것을!

<화신의 매력>

행운 수치에 따라 친밀도 보정을 받습니다. NPC의 성향과 처한 상황에 따라 달라집니다.

'이 스킬 때문인가?'

아키서스의 화신으로 전직할 때 주어진 패시브 스킬 중 하나.

좋은 스킬이었다. 문제는…….

태현이 지금 이걸 어떻게 할 방법이 없다는 것!

요새의 병사들을 죽이기라도 하면 깎이겠지만 그랬다가는 퀘스트 취소가 아닌 지명수배를 당할 것이다.

'전설 직업이면 범위 스킬 같은 거나 줄 것이지, 별 이상한 스킬들만 주네 진짜.'

태현은 속으로 투덜거리며 계획을 포기했다.

이렇게 된 이상 어쩔 수 없었다.

-상윤아!

안 될 것 같을 때는 친구의 도움을!

최상윤은 오랜만에 태현의 귓속말을 받고 놀랐다.

그리고 태현이 도와달라고 했을 때 더 놀랐다.

태현은 어지간해서는 도와달라고 하는 성격이 아니었던 것이다.

오히려 판타지 온라인 1 때는 그가 도움을 받았다.

-진짜? 도와달라고?

-왜. 싫냐?

-아니, 좋지! 도와줄게! 도와주게 해주세요! 그런데 무슨 바람이 불어서 도와달라고 한 거야?

-뭐…… 이것저것 있다.

태현 혼자 하는 퀘스트도 아니고 지수도 있었다.

게다가 태현은 지금 폼을 잡을 때가 아니었다.

'최대한 빨리 올라서서 뭐라도 좀 해봐야지…….'

전설 직업 때문에 레벨도 올리기 힘든 상황. 도움이고 뭐고 필요하면 받아야 했다.

-지금 어딘데?

-에랑스 왕국이랑 오스턴 왕국 국경 쪽 있잖아. 거기에 있는

아덴 요새.

-아. 아덴 요새? 거기 지금 오크들 나오고 있는 곳이지?

-뭐야. 너도 알아? 고렙 애들이 관심 가질 곳은 아닌데?

몬스터도 그렇고 레벨이 높은 플레이어들은 여기에 관심 가질 이유가 없었다.

-난 게시판에서 봤지.

-게시판?

-응. '레드존' 길드 애들이 그 주변에서 깽판 치고 있나 봐. 욕하는 글들이 많더라.

정확히는 아덴 요새가 아니라, 아덴 요새에서 조금 거리가 있는 곳, 오그던 요새에서 일어난 일이었다.

오그던 요새는 오스턴 왕국의 요새였지만, 현재 오스턴 왕국은 내전이 일어나서 제대로 기능을 하지 않는 상황.

그 상황을 틈타 '레드존' 길드원들이 오그던 요새를 점령한 것이다.

성이나 도시까지는 아니더라도 요새만 점령해도 큰 이익을 볼 수 있었다.

'레드존' 길드원들은 고생을 한 만큼 뽕을 뽑기 위해 지나가는 플레이어들에게 돈을 걸고 사냥을 할 때 세금을 걷으려고 했다.

그 주변의 오크들을 잡아야 하는 플레이어들은 어쩔 수 없이 세금을 내야 하는 상황.

태현과 지수는 다행히 잘츠 왕국의 아덴 요새로 들어가서 저런 상황을 겪지 않아도 됐다.

그러나 오그던 요새에서 퀘스트를 깨려는 플레이어들은 울며 겨자 먹기로 길드의 요구를 따라야 했다.

잘츠 왕국의 아덴 요새는 아무나 들어갈 수 있는 게 아니었으니까.

'잘츠 왕국 출신 아니면 구박을 하는 곳이지.'

태현은 무슨 상황인지 이해를 했다.

-욕하는 글은 많은데 뭐 별로 신경 안 쓰는 거 같더라. 길드 애들이 그렇지. 돈만 벌면 된다 이거지.

평판이나 악명 따위는 신경 쓰지 않는 한탕주의!

사실 그게 맞았다.

게시판에서 아무리 욕해봤자 실제 게임에서는 아무런 피해도 줄 수 없었으니까.

-그러면 오그던 요새 주변만 안 가면 되는 건가?

-응. 그 주변 가면 세금부터 시작해서 좀 골치 아플 거야. 그 주변 가지 말고 사냥하자.

-좋아. 도착하면 연락해.

"친구요?"

"어."

"어떤 친구예요?"

"게임 잘하는 친구지. 소꿉친구야. 성격 괜찮고 믿을 만하고 게임 열심히 하고…… 걔는 나보다 레벨도 훨씬 높아. 먼저 시작했거든. 랭커 아니면 준 랭커급인데."

태현의 말을 들은 지수는 눈빛을 반짝거렸다.

"그런데 왜 이렇게 안 오지? 아까 다 왔다고 했는데."

멀리서 긴 생머리의 미녀가 보였다. 갸름한 얼굴에 선명한 눈동자. 어디서 본 것 같은 미녀였다.

태현이 고개를 갸웃거리는 동안, 그 미녀가 다가와서 말했다.

"야, 나 왔잖아."

"……누구세요?"

"나야, 나. 최상윤."

"……?"

판타지 온라인 2는 외모는 건드릴 수 있었지만 성별은 건드릴 수 없었다.

그리고 지금 최상윤은 아무리 봐도 여자였다. 그것도 다른 사람들이 보면 시선을 한 번씩 줄 미녀!

"내가 지금 미친 건가?"

"아니야, 들어봐. 이게 어떻게 된 거냐면……."

최상윤은 험상궂은 태현과 달리, 꽃미남으로 인기가 많았었다.

학창 시절 때도 여장을 하면 어지간한 여자애 뺨치게 예쁠 정도의 꽃미남!

최상윤은 자기가 잘생긴 걸 잘 알고 있었다.

그러자 갑자기 재밌는 생각이 들었다.

'게임 내에서 여장을 하면 통할까?'

판타지 온라인 2를 시작할 때 최대한 미녀스럽게 얼굴을 깎고, 레벨을 올려서 가발과 가짜 가슴 아이템을 얻고……

원래 얼굴이 되는 꽃미남이었기에 가능한 여장!

그리고 그 여장은 완벽했다.

"저기…… 혹시 실례가 안 된다면 번호 좀 주실 수 있으신가요?"

"아까 아이템 구한다고 하셨죠? 여기 있습니다!"

졸졸 따라오는 추종자들!

난이도가 순식간에 쉬워졌다.

"그래서 계속 여장을 하고 있다고?"

"그래. 아, 사람들 있을 때는 사유라고 불러. 상윤이라고 부르지 말고."

"……"

태현은 친구를 한심하다는 듯이 쳐다보았다.

"에라이, 할 게 없어서……."

"야. 너도 해봐. 이거 진짜 편하다니까? 재미도 있고!"

"잠깐, 너 랭커 방송에 없던데, 설마 없는 이유가……."

"너 남자 랭커들만 찾았지? 그러니까 안 보였겠지."

충격적인 사실!

둘이 수군거리는 동안 지수는 망치로 얻어맞은 표정이었다.

"여, 여, 여……."

"여?"

"여자친구 있었어요……?"

지수가 말하는 걸 보고 최상윤이 씩 웃었다.

놀려주기 딱 좋은 상황.

"응."

현실에서도 알고, 소꿉친구인 데다가, 얼굴도 엄청 예쁜 미녀.

지수는 갑자기 스스로가 엄청나게 작아지는 걸 느꼈다.

"아, 시끄러. 오해하잖아. 얘 여자친구 아냐."

"친, 친구 이상, 연인 미만 같은 거죠? 저도 알아요. 드라마
에서 많이 나오는……."

태현은 지수의 머리 양옆에 주먹을 대고 돌렸다.

"아야야야!"

"눈 있으면 똑바로 봐라. 쟤 남자다."

태현의 말에 최상윤은 가발을 벗고 웃었다. 지수는 눈을 동그랗게 떴다.

"미안해. 놀려서."

"이래서 잘생긴 놈들은…… 넌 저렇게 되지 마라. 쟤는 잘생긴 얼굴을 참 이상하게 쓴단 말야."

태현의 말을 들은 최상윤은 고개를 갸웃거렸다.

"놈'들'?"

지수가 약간 중성적으로 예쁘장하게 생겼지만, 숙련된 여장 경험이 있는 최상윤은 바로 알 수 있었다.

지수는 여자였다.

최상윤은 태현 몰래 물었다.

"너 여자애 아냐?"

"……맞는데요."

"근데 쟤는 남자애인 줄 아는 거고?"

"……네."

최상윤은 손가락으로 동그라미를 그렸다.

바로 파악된 상황!

'얘는 태현이를 좋아하고…… 태현이 저거는 떨떨해 가지고 눈치도 못 채고 있구나!'

이 얼마나 재미있는 상황인가!

"내가 도와줄게."

"네? 뭘요? 사냥을요?"

"뭐든 말이야!"

"……?"

"일단 태현이 주소부터 알려줄까?"

"……!"

지수는 바로 최상윤의 손을 잡았다.

"언니!"

"미안한데 나 남자거든?"

"그렇군요. 또 뭐 있나요?"

"쟤가 고등학생 때 싸움 좀 하고 다녔어. 내가 일진 애들한
테 잡혀서 삥 뜯기고 있을 때 쟤가 와서 구해줬거든. 4 대 1로
싸워서 이기더라."

지수의 눈빛이 초롱초롱 반짝였다. 그녀가 모르는 태현의
이야기를 듣는 게 좋았다.

앞에서 걸어가던 태현은 뒤를 돌아보았다.

"둘이 빨리 친해진다?"

"너 고등학생 때 이야기해 줬어."

"그런 걸 왜 이야기하는 거야? 하지 마."

태현은 손사래를 쳤다. 싸움질하고 다녔던 게 자랑스럽지는 않았다.

지수는 최상윤에게 들은 정보를 소중하게 기록했다.

태현의 주소, 번호, 다니는 대학, 본명까지!

"쟤 엄청 둔하지?"

"네! 진짜 그래요!"

사실 지수는 그녀가 여자라는 걸 바로 말할까 고민했었다.

그렇지만 스스로 직접 말하는 건 뭔가 자존심이 상했다.

언젠간 알아차려 주겠지!

그런데 지금 보니 진짜 끝까지 못 알아차릴 수도 있을 것 같았다.

"태현아, 퀘스트가 정확히 뭐야?"

"오크 부족장 죽이고 머리 가져오기."

"……?"

최상윤은 고개를 갸웃거렸다.

"그게 지금 레벨에 나올 퀘스트야? 너 레벨 몇인데."

"26."

"생각보다 느리다?"

토끼발로 행운만 주야장천 올렸으니 당연히 레벨은 낮았다.

"어쩌다 보니 그렇게 됐어."

"26인데 오크 부족장 죽이는 퀘스트가 떠? 이상하네. 오크 부족장 죽여야 하는 거면…… 일단 부족 찾아가서 뚫을 수 있나 보자. 혼자 뚫을 수 있으면 뚫어보고, 못 뚫겠으면 사람들 부를게."

"사람들이라니?"

"내가 연락만 하면 사제부터 성기사까지 일렬종대로 달려온다?"

태현은 고개를 절레절레 저었다. 저거 저러다가 나중에 큰일 나지.

"아. 가기 전에 네 장비 좀 줘봐."

"응? 왜?"

"대장장이 스킬로 좀 만져줄게."

"싫어!"

"너 나 못 믿냐?"

"1 때야 믿었지만 너 지금은 레벨 26이잖아! 대장장이 전직도 안 했을 거고! 뭘 믿고 장비를 맡겨!"

다른 플레이어들이 있었다면 끼어들었을 것이다.

험상궂은 태현이 미녀를 붙잡고 장비를 내놓으라고 하고 있었으니까.

"아. 믿어보라니까. 내가 이런 걸로 거짓말한 적 있…… 기는 한데 이번은 아냐."

"……여기 있다."

"이거 지금 네가 쓰고 있는 검 아니잖아?"

최상윤은 허리춤에 기다란 곡선 형태의 도(刀)를 매달고 있었다.

겉모습은 화려하지 않았지만 검집에서 느껴지는 포스는 보통이 아니었다.

딱 봐도 명품!

"설마 내가 지금 쓰고 있는 장비를 줄줄 알았냐? 내가 너한테 너무 많이 속아서 안 돼. 일단 그걸로 해봐. 그걸로 잘하면 이것도 빌려준다."

친구 사이지만 신뢰고 뭐고 없었다.

최상윤은 태현을 잘 알고 있었다.

일단 뭔가 하고 싶으면 우정이고 뭐고 상관하지 않고 폭주하는 게 태현이었다.

"쳇, 쩨쩨한 놈."

"그 장비도 레벨 제한 75 넘는 아이템이거든? 현금 거래하면 몇백은 기본으로 시작한다."

태현은 그 말을 듣고 아이템창을 켰다.

하얀 서리의 곡도:

내구력 220/220, 공격력 90

스킬 '눈보라' 사용 가능.

스킬 '빙결' 사용 가능, 공격 시 빙결 데미지 추가.

레벨 제한 75. 힘 제한 45. 민첩 제한 150.

대장장이가 칼을 만들고 숙련된 마법사가 서리의 결정을 안에 집어넣은 마법검. 예술적으로도 뛰어난 가치를 가진 명검이다.

과연 랭커라는 말이 나올 정도로, 최상윤이 준 검은 뛰어났다.

이걸 만지면 대장장이 기술들이 얼마나 오를지 벌써부터 기대가 됐다.

태현은 손바닥을 비볐다. 그걸 본 최상윤이 불안하다는 듯이 물었다.

"너 그런데 대장장이 스킬은 있지?"

"아. 믿으라니까? 1에서 나한테 신세 많이 졌잖아."

"1에서야 네가 대장장이로 전직을 했잖아! 2는 네가 전직을 아예 안 했고! 누가 전직하지 말랬냐!"

"나 전직했다."

"어? 진짜? 뭐로?"

"그건 이거 만진 다음 말해줄게."

"대장장이 계열 직업이야?"

최상윤은 기대가 된다는 목소리로 물었다.

판타지 온라인 1에서 태현은 그 누구도 따라올 수 없었던 독보적인 대장장이였다.

그 변태 같은 취향을 고쳐먹고 대장장이로 전직을 한다면, 2에서도 정말 대단할 것이다.

뛰어난 대장장이 한 명 알아두면 판타지 온라인에서는 정말 편했다.

장비 수리면 수리, 강화면 강화, 온갖 문제가 해결됐으니까.

태현은 대답 대신 망치를 꺼내 들었다.

경쾌하게 울리는 망치 소리.

쓰는 스킬은 〈수리〉와 〈날카롭게 갈기〉였다.

최상윤은 긴장된 표정으로 쳐다보았다.

태현이 아무리 대단했다지만 그건 1에서 이야기였고, 지금 2에서는 레벨도 낮았다.

아무리 실력이 뛰어나도 레벨이 낮고 스킬 레벨이 낮으면 어쩔 수가 없었다.

"옛다."

"야! 던지지 마!"

마치 거지한테 동전 던지듯이 던지는 태현!

"어차피 망가지지도 않는데 뭘⋯⋯."

최상윤은 인상을 쓰며 아이템을 확인했다.

'망가지기만 해봐라. 구박이란 구박은 다⋯⋯ 어?'

하얀 서리의 곡도:

내구력 225/225, 공격력 90

스킬 '눈보라' 사용 가능,

스킬 '빙결' 사용 가능, 공격 시 빙결 데미지 추가.

레벨 제한 75. 힘 제한 45. 민첩 제한 150.

대장장이가 칼을 만들고 숙련된 마법사가 서리의 결정을 안에 집어넣은 마법검. 예술적으로도 뛰어난 가치를 가진 명검이다.

-신의 축복을 받은 대장장이가 만졌습니다. 추가 효과가 부여됩니다.

공격력 +65%, 치명타율 +15%, 행운 +50.

-공격 시 신성력 데미지가 들어갑니다.

'……!?'

랭커인 최상윤도 처음 보는 효과들!

"이, 이게 뭐야?"

"봤냐?"

의기양양. 순식간에 거만해진 태현.

그러나 최상윤은 그런 것도 신경 쓰지 않을 정도로 놀란 상태였다.

최상윤은 계속 질문을 쏟아냈다.

"신의 축복에 신성력이라니? 너 신 관련 직업 얻었냐? 사제? 성기사?"

"다 아니야. 화신이다."

신, 그 자체.

화신!

"화신? 처음 듣는데, 잠깐만, 그 정도면…… 영웅 직업도 화신은 없는데……?"

"전설 직업이야."

"……!!"

전직을 안 하겠다고 한 친구가 어느새 전설 직업이 되어 있었다.

"전직 안 한다는 놈이 전설 직업은 어떻게 얻은 거야? 대단하다!"

"얻으려고 한 게 아니야. 이 자식아. 행운 찍다 보니 강제로 전직됐어."

"강제로 전직됐다고?"

최상윤은 어이가 없어서 입을 벌렸다.

"전직 퀘스트나 그런 건?"

"없어. 있었으면 진작 거절했겠지."

최상윤이 보기에, 태현은 충분히 그럴 놈이었다.

전설 직업이든 뭐든 마음에 안 들면 거절할 수 있는 놈!

"와. 아무리 그래도 그렇지, 이렇게 전직하기 싫어하는 놈한테 전설 직업이 가냐! 차라리 나한테 주지!"

"너도 나처럼 키우지 그랬냐."

"누가 그렇게 키워!"

전직도 안 하고 행운만 올리는 미친 육성법.

토끼발이 아니었다면 실질적으로 불가능한 육성법이었다.

레벨이 300~400은 될 때까지 전직하지 않고 행운을 올려야 간신히 가능한 수준!

"이야…… 진짜 대단하다. 역시 될 놈은 뭘 해도 되네."

태현은 손을 내밀었다. 최상윤은 그걸 보고 살짝 뭉클했다.

-우리 같이, 판타지 온라인 2의 최고가 되자!

이런 뜻 아니겠는가.

최상윤은 태현의 손을 붙잡았다.

"뭐하냐?"

"……악수하자는 거 아니었어?"

"돈 내놓으라고. 이 자식아. 공짜로 받을 생각이었어? 나 대 장장이 스킬 올리려면 돈 필요해. 돈 내놔."

"……."

친구라고 봐주는 건 없다!

"돈도 많으면서……."

"난 현질 안 하잖아."

최상윤은 투덜거리면서 골드를 꺼냈다.

태현에게 돈을 주는 건 사실 아깝지 않았다. 둘의 우정은 골드로 흔들리기에는 너무 단단했다.

애초에 여기 왔을 때부터 도와주려고 온 거였으니까.

그렇지만 상대가 달라고 하니까 뭔가 주기가 싫은 게 사람 마음.

"너, 내가 만져 주는 걸 고맙게 여겨라. 원래 이 정도 성능이면 돈 주고서도 기회를 못 받아요."

태현의 말은 맞는 말이었다.

현재 고렙 대장장이들은 돈이 있어도 아이템을 맡길 수 없었다.

대부분 길드에 들어가 있었기 때문이었다.

길드 소속 대장장이는 보통 길드원들의 아이템만 만졌다.

길드에 들어가 있지 않은 대장장이는 적었고, 그나마 있는 사람들도 예약이 꽉 차 있었다.

그러니 뛰어난 고렙 대장장이는 언제나 귀한 인재였다.

"야. 나도 나름 랭커로 도와주러 온 건데……."

"시끄럽고. 다음 장비나 내놔."

쭉쭉 오르는 대장장이 스킬!

태현은 신이 나서 최상윤의 장비를 모두 만졌다.

성능을 본 최상윤이 고개를 끄덕거리며 말했다.

"진짜 쩔긴 쩌네. 날카롭게 갈기 맞지? 이거 일시적인 효과기는 해도 성능이 너무 좋다. 어지간한 사제 버프는 뺨칠 정도야."

이 사실이 알려지는 순간 사람들이 태현에게 달려와서 줄을 설 것이다.

이 정도로 버프가 된다면 어느 파티든 데려갈 테니까.

"그래. 그래서 네 도움이 필요해."

"응?"

"내가 원래 이걸로 돈을 벌 생각이었거든? 좌판 깔고."

레벨 낮은 대장장이들이 많이 하는 짓이었다.

도시 광장에서 앉아서 광고를 하는 것이다.

-무기 손봐드립니다!

-방어구 수리해드려요!

레벨 낮은 대장장이들이 잘못 만지면 아이템도 페널티를 받지만, 저레벨 플레이어들은 크게 상관이 없었다.

금세 레벨이 오르고 아이템이 바뀌니까.

그리고 정말 좋은 아이템을 갖고 있는 플레이어들은 저런 대장장이들에게 맡기지 않았다.

"근데 이거 했다가는 바로 길드부터 시작해서 몰려와서 귀찮게 할 거 같더라고."

"당연히 그렇겠지. 요즘 대장장이들이 얼마나 귀한데."

"그래서 널 얼굴로 쓸 생각이야."

"응?"

"넌 레벨도 높고 너 좋아하는 추종자들도 많다며?"

연락만 하면 목숨을 바칠 플레이어들이 수두룩!

"그런데?"

"네가 아는 대장장이가 있다고 자랑 좀 해. 그래서 누가 맡기면 나한테 주는 거지."

귀찮은 건 모두 최상윤이 하라는 뜻.

"야! 나한테 몰려올 거 아냐!"

"너 시치미 떼는 거 잘하잖아. 해줄 거지?"

"에이, 진짜……."

최상윤은 고개를 끄덕였다.

"근데 날카롭게 갈기나 녹 없애기는 좀 애매하지 않냐? 이건 즉석에서 써야 하는 버프 스킬이잖아."

시간제한이 있어서 싸우기 전에 써야 가장 좋은 스킬.

그게 바로 두 스킬이었다.

"그렇지. 수리로만 때우기도 애매하고. 그래서 대장장이 기술 스킬도 올려서 제작도 배우고, 강화도 좀 올려야 해. 근데 강화야 지금은 나보다 잘하는 놈들이 많을 테니까…… +7 넘어서 맡기려면 이름이 좀 있어야 하지 않나? 모르는 대장장이한테 강화를 맡기지는 않을 거 아냐."

"뭐?"

"뭐가?"

"+7?"

"강화에서 깨지는 거 기준 +7 아냐?"

아이템을 한 번 강화하면 아이템 이름 뒤에 +1이 붙었다.

그걸 다시 성공시키면 +2, +3……

그리고 +7까지.

+7에서 +8을 시도할 때, 실패하면 아이템이 파괴될 수 있었다.

판타지 온라인 1에서는 이 '7'이 마의 숫자였다.

강화하느냐, 마느냐!

수많은 플레이어가 이 7의 유혹을 이기지 못하고 강화를 시도했다가 눈물을 흘렸다.

아무리 뛰어난 대장장이라도 결국 한 번은 강화를 실패할 때가 왔다.

그리고 태현도 마찬가지였다.

'생각만 해도 속이 쓰리네.'

"그건 판타지 온라인 1 기준이고. 2는 달라."

"어? 그래?"

"몰랐냐? 강화 기준 엄청 올랐다. +2 기준이야."

"……!?"

+2에서부터 강화 실패 시 아이템이 파괴될 수 있다니.

"잠깐…… 그러면 경험치도 바뀌었나? 원래는 +7에서부터 강화 스킬 경험치가 들어왔잖아."

판타지 온라인 1이 악랄한 점이 바로 여기였다.

+1, +2, +3 같이 강화 실패 시 페널티가 없는 강화는 아무리

해봤자 강화 스킬 경험치가 별로 오르지 않는 것이다.

강화 스킬 레벨을 올리려면 +7 이상 강화를 해야 했다.

그리고 +7부터는 아이템 파괴가 가능한 구간!

저렙 아이템을 +7로 만든다고 해도 강화석과 재료를 모으고 성공하고 실패하는 과정을 생각한다면 보통 일이 아니었다.

그래서 판타지 온라인 1에서 대장장이는 다 길드에 들어가 있었다.

혼자서 노가다로 다 재료를 모은 태현이 별종인 것!

"어. 내가 알기로는 +2에서부터 강화 스킬 경험치 들어올 거야."

"대장장이 키우기 좋겠는데?"

판타지 온라인 1에서 대장장이가 강화 스킬을 올리려면 +7 이상의 아이템들이 필요했다.

그렇지만 판타지 온라인 2에서는 +2 이상의 아이템만 있으면 됐다.

강화하는 사람 입장에서야 +2부터 깨질 수 있으니 조마조마하겠지만, 대장장이는 빠르게 성장할 수 있었다.

"아니. 지금 강화 쪽 대장장이는 진짜 숫자가 적어. 아예 처음부터 길드에서 밀어주고 키우는 거 아니면 거의 없는 수준이야."

"……?"

"아이템 파괴 확률도 대폭 늘어났거든. 너 진짜 게시판 하나도 안 보는구나?"

"뻘글이 너무 많아서……."

공략을 쓰면 썼지 공략은 안 보는 타입!

"게시판 봤으면 바로 알았을 텐데. +2에서부터도 아이템 파괴 확률이 너무 늘어나서, 강화 스킬 레벨 올리기 빡세다더라. 덕분에 강화 아이템도 잘 안 보이고."

"아, 그래서……."

태현은 최은철과 김병국을 떠올렸다.

둘을 죽이고서 얻은 아이템들. '근성의 벨트'나 '마탑의 화염석 지팡이' 같은 건 +1이나 +2 강화가 되어 있었다.

처음에는 돈이 없어서 +1이나 +2 강화만 했나보다 싶었는데, 지금 생각해 보니 아니었다.

+2가 한계였던 것이다.

더 했다가는 파괴 가능.

'이야…… 개발진이 악랄하네.'

어지간한 아이템은 겁나서 강화도 제대로 못 할 만한 수준이었다.

사실 이건 인공지능이 알아서 밸런스를 조절한 것이었지만, 플레이어들에게 언제나 욕의 대상은 개발진들!

'내 행운으로 커버가 되려나?'

태현은 생각에 잠겼다. 그의 행운이 엄청 높기는 했다.

그러나 강화는 만만하지 않았다.

안 그래도 낮은 확률이 판타지 온라인 2에서는 더 낮아졌다고 하면······.

행운으로도 안심할 수 없었다. 우기기 스킬이 있긴 하지만, 우기기는 실패한 걸 한 번 다시 굴리게 해주는 것이었다.

1%를 다시 굴려봤자 1%!

낮은 확률에 걸어봤자 크게 의미가 없었다.

'이건 한 번 해봐야 알겠네.'

태현은 인벤토리를 뒤적거렸다.

강화할 만한 아이템이 뭐가 있을까?

'아. 이거 아직 안 열었군.'

구렌달에게서 받은 세트 아이템. 새내기 대장장이를 위한 도구 세트.

포장된 물건이었고 도구 세트를 열면 안에 든 아이템들이 나오는 형태였다.

태현은 구렌달 밑에서 배울 때 쓰던 망치가 있어서 아직 열지 않은 상태.

'지금 열어야겠다.'

새삼스레 느껴지는 스승의 은혜!

보통 이런 세트 아이템에서는 여러 가지 아이템들이 같이 나왔다.

망치 말고도 모루나 끌 같은 건 스킬을 쓸 때 성능을 올려

췄고, 그게 아니더라도 대장장이 전용 벨트나 팔찌 같은 것도
나올 수 있었다.

[새내기 대장장이를 위한 도구 세트를 열었습니다.]
[랜덤으로 아이템이 결정됩니다.]
[고대의 망치가 나왔습니다.]

"……끝?"

알람창은 단 하나!

고대의 망치라는 아이템뿐이었다.

대장장이 세트를 기대한 태현에게는 당황스러운 결과.

"아니…… 왜?"

어지간히 운이 없지 않고서는 이런 세트 아이템에서 하나만
나오는 일은 없었다.

게다가 태현은 행운을 엄청 올린 사람.

더 많이 나오면 나왔지 왜 1개?

'아이템 확인.'

고대의 망치 겉모습은 평범했다. 길쭉한 손잡이 끝에 묵직
한 부분이 달려 있는 형태.

명품이라는 느낌은 전혀 오지 않았다.

고대의 망치:

내구력 ∞/∞, 공격력 ?

착용 시 대장장이 계열 스킬 사용 가능. 대장장이 계열 스킬 레벨 상승. 일반적인 방법으로는 파괴되지 않음. 공격력은 대장장이 기술 스킬로 결정됨.

고대의 대장장이가 쓰던 물건이다. 상식적으로 생각했을 때, 고대의 물건이 지금보다 좋을 리는 없지 않은가?

"……."

설명을 읽던 태현은 울컥했다.

"상식적으로 생각했을 때, 고대의 물건이 지금보다 좋을 리는 없지 않은가?"

'누구 놀리냐?'

한마디로 꽝이라는 소리!

그러나 태현은 한 가지를 놓치고 있었다.

그의 행운은 아이템 결정에도 영향을 줬다.

그리고 태현은 꽝을 뽑고 싶어도 이제 더 이상 뽑을 수 없는 사람이었다.

'아니, 뭔 꽝이…….'

처음에는 투덜거린 태현이었지만, 망치의 설명이 아닌 성능을 보자 생각이 바뀌었다.

나름 괜찮았다.

일단 직업 제한, 레벨 제한, 스탯 제한이 없다는 게 가장 마음에 들었다.

좋은 대장장이 장비들은 거의 대장장이 계열 직업 제한이 있었다.

그리고 태현은 레벨이나 스탯은 그렇다 쳐도 직업 제한은 뚫을 수 없는 상황.

고대의 망치는 그런 제한이 없었다.

게다가 착용 시 스킬 레벨이 상승했다. 얼마나 오르는지는 모르지만 대장장이가 쓰는 장비의 옵션으로는 아주 좋았다.

거기에 마지막으로, 내구력이 무한이었다.

'일반적인 방법으로는 파괴되지 않는다는 건……'

수리도 필요 없고 각종 몬스터의 특수 공격도 무시하는, 어지간해서는 아이템 걱정을 안 해도 되는 최고의 옵션!

이거 하나만으로도 꽤나 가치가 있었다.

태현은 아이디어 하나가 떠올랐다.

'강화하기 좋겠는데?'

"너 뭐하냐?"

태현이 멈춰서서 생각하고 있자 최상윤이 물었다.

"야, 너 강화석 지금 갖고 있는 거 있지?"

레벨이 높으니 강화석 정도는 갖고 있을 것이다.

"갖고 있기는 한데……."

"다 내놔."

"맡겨놨냐!?"

일반적인 방법으로는 파괴되지 않는다는 건…….

'강화 실패에도 괜찮다는 거잖아?'

강화의 실험대로 쓰기 아주 좋았다. 태현은 신이 나서 강화석을 꺼냈다.

+1 강화 때 필요한 강화석은 하나.

[강화를 시도합니다.]

태현은 강화석과 기본 망치를 들고, 고대의 망치를 조심스럽게 때리기 시작했다.

다른 대장장이 기술은 플레이어가 얼마나 잘하느냐에 따라 결과가 다르게 나왔지만, 강화는 그런 거 없었다.

오로지 행운과 스킬 레벨!

그냥 강화석을 아이템 위에 올려놓고 망치로 대충 후려치면 끝났다.

[강화가 성공합니다.]
[고대의 망치가 고대의 망치(+1)로 변합니다.]
[강화 스킬이 오릅니다.]

고대의 망치(+1):
내구력 ∞/∞, 공격력 ?
착용 시 대장장이 계열 스킬 사용 가능. 대장장이 계열 스킬 레벨 상승. 일반적인 방법으로는 파괴되지 않음. 공격력은 대장장이 기술 스킬로 결정됨.
고대의 대장장이가 쓰던 물건이다. 상식적으로 생각했을 때, 고대의 물건이 지금보다 좋을 리는 없지 않은가?

크게 달라진 게 없었다.
'아이템 성능이 애매하네.'
대장장이 스킬 레벨이 얼마나 오르는지나, 공격력은 착용해야 나왔다.
덕분에 설명창은 달라진 게 없었다.
'그러면 다음 걸로 간다.'

+2 강화 때 필요한 강화석은 2개. 그다음은 4개, 그다음은 8개. 2배씩 늘어나는 구조였다.

[강화를 시도합니다.]

[강화가 성공합니다.]

[고대의 망치(+1)가 고대의 망치(+2)로 변합니다.]

[강화 스킬이 오릅니다.]

[강화를 시도합니다.]

[강화가 성공합니다.]

[고대의 망치(+2)가 고대의 망치(+3)로 변합니다.]

[강화 스킬이 오릅니다.]

"야, 야……. 너 너무 막 나가는 거 아니야?"

"강화석이나 더 내놔봐."

"장비 파괴되면 어쩌려고? 파괴되어도 괜찮은 거야?"

"안 파괴된다."

이미 구렌달한테 받은 강화석은 부족한 상황. 태현은 최상윤에게 강화석을 뜯어냈다.

"더 없어?"

"내가 대장장이도 아닌데 강화석을 왜 많이 들고 다니겠어!"

"너 추종자들 많댔지? 연락해서 강화석 뜯어와."

1초도 고민하지 않는 냉정함!

"야!"

"내가 강화 스킬이 오르면 누가 좋겠어? 너 강화 받기 싫냐?"

치사한 협박까지.

최상윤은 결국 입을 다물고 연락을 돌리기 시작했다.

'치사한 자식!'

그러는 동안 고대의 망치는 점점 변해가고 있었다.

이미 파괴 위험이 있는 +3은 넘은 지 오래.

태현은 +5까지 거침없이 달렸다.

그러자 망치 주변이 은은하게 불꽃으로 타오르기 시작했다.

"오. 토X비욘 같네."

예전에 했던 게임의 캐릭터를 연상시키는 망치의 모습.

태현은 한주를 좋아했지만.

그사이, 태현은 몰랐지만 다른 곳에서 방송이 진행되고 있었다.

대장장이 랭커, 루카스가 방송을 하고 있었던 것이다.

사실 루카스는 랭커라고 하기에는 레벨이 많이 부족했다.

그래도 랭커 취급을 받는 이유는, 직업이 대장장이라는 것 때문이었다.

생산 직업은 레벨을 올리는데 손해를 많이 보는 편이었으니까.

"자! 오늘은 +7 강화를 도전해 보겠습니다! 제 방송을 봐주시는 분들이 저를 응원하기 위해 강화석들과 아이템들을 보내주셨습니다. 다시 한번 감사드립니다!"

루카스의 방송에는 사람들이 우글우글 몰려 있었다.

목적은 하나.

루카스의 강화를 보기 위해서였다.

루카스는 판타지 온라인 2에서 강화 스킬을 파고 있는 드문 대장장이였다. 게다가 길드 소속도 아니었으니 그 인기는 더욱 높았다.

루카스는 속으로 생각했다.

'이번 기회를 잡아서 다시 도약하는 거다!'

다른 대장장이들이 길드에 들어갈 때, 그는 반대로 생각했다.

길드에 들어가면 지원을 받을 수 있었지만, 그 외 사람들의 지원을 받을 수 없었다.

다들 길드에 들어갈 때 그는 길드에 들어가지 않고 혼자 뛴다면, 사람들은 그에게 몰릴 것이다.

그의 판단은 맞아떨어졌다.

길드의 대장장이한테는 작업을 맡길 수가 없으니, 그한테는 사람들이 몰렸다.

거기에 방송을 보는 시청자들은 강화를 하라고 강화석과

아이템, 현금을 선물로 팍팍 쏘아보냈다.

이쯤이면 전략으로는 대성공!

대장장이 랭커로 이름을 남기고, 확실하게 자리를 잡은 상황.

길드들도 섭외를 하려고 연락을 하고 방송도 가끔 연락이 왔다.

그러나 루카스는 만족하지 않았다.

그는 더 올라가고 싶었다.

판타지 온라인 1의 김태현처럼.

판타지 온라인 1의 김태현은 모든 대장장이의 우상이었다.

생산 직업이 뒤에서 망치질을 하고 있을 때, 김태현은 망치를 들고 랭커들을 때려잡았다.

그 실력도 실력이지만, 루카스는 김태현 같은 명성을 원했다.

대장장이 하면 김태현, 김태현 하면 대장장이!

이런 것 같은 명성 말이다.

그러려면 갈 길이 멀었다. 게다가 그는 길드의 지원이 없었으니 다른 방식을 써야 했다.

그가 이번에 노리는 건 칭호였다.

서버에서 처음으로 무언가를 하면 대체로 칭호가 나왔다.

서버에서 처음으로 +1 강화를 한 대장장이도 칭호를 얻었고, +2, +3, +4, +5도 마찬가지였다.

그리고 아직까지 +7 강화를 성공한 사람은 없었다.

생각해 보면 당연했다.

+7 강화를 하기 위해서는 대량의 강화석이 필요했다.

그리고 아이템도 도중에 부서질 가능성이 엄청 높았으니, 아이템도 많이 필요했다.

희귀한 아이템은 절대 쓸 수 없었다. 희귀한 아이템을 부서질 각오로 강화하는 사람이 어디에 있겠는가.

그러면 답이 나왔다.

+7 강화를 성공시킬 수 있는 가장 가능성 높은 방법은, 흔하고 값싼 일반 아이템에 강화석을 엄청나게 써서 성공시키는 방법이었다.

이런 걸 누가 하겠는가? 그러나 루카스는 할 생각이었다.

방송도 방송이고, 시청자도 시청자였지만, 그에게는 생각이 있었다.

'이게 성공하면 강화 스킬 경험치가 엄청 오를 거다.'

그 이전 단계에서도 파괴 가능 구간을 통과하면 엄청난 경험치가 들어왔다.

+7을 하면 그는 강화 스킬로 독보적인 위치에 오를 수 있었다.

현재 그의 강화 스킬 레벨은 3.

정말 피와 눈물로 올린 스킬 레벨이었다.

판타지 온라인의 스킬 레벨은 스킬마다 달랐다.

어떤 스킬 레벨은 10까지 올리는 것도 너무 쉬웠고, 어떤 스킬 레벨은 2로 올리는 것도 힘들었다.

강화는 후자였다.

스킬 레벨 2를 찍는 것도 강화석을 날리고 날려야 도달할 수 있는 경지!

대신 그만한 값을 했다.

스킬 레벨 2라는 건, 강화 시도 시 성공 확률이 2배로 늘어난다는 것이었다.

스킬 레벨 3은 강화 시도 시 성공 확률 4배!

판타지 온라인 2의 강화 확률은 하드코어했다.

한 단계가 올라갈 때마다 1/2.

행운 영향을 받았지만 행운은 아무도 올리지 않았으니 의미가 없었고, 대충 +1 성공 확률이 50%였다.

+2 성공 확률은 25%, +3 성공 확률은 12.5%…….

+7까지 가면 1% 미만으로 내려갔다.

이 극악한 확률을 그나마 극복할 수 있는 게 강화 스킬!

강화 스킬 레벨이 4만 되도 어마어마할 것이다.

지금 그가 한 강화만 몇천 번을 가볍게 넘긴 상태.

그래도 아직 스킬 레벨 3이었다. 지금 이게 서버 최고 수준.

정말 강화는 대장장이 플레이어들의 피와 땀과 눈물이라고 해도 과언이 아니었다.

'이번에 성공시켜서 스킬 레벨 4를 찍는다. 분명 이전 칭호를 봤을 때, +7 성공 칭호는 강화 스킬 레벨 정도는 가볍게 올려

줄 거야!'

+6 성공 칭호도 어마어마한 효과가 있었다.

+7은 훨씬 더 대단할 것이다.

루카스는 이를 악물고 강화를 시작했다.

"갑니다!"

실패, 성공, 실패, 실패, 실패, 실패, 실패, 성공, 실패……

시청자들도 지쳐가고, 루카스도 지쳐갈 때쯤……

[강화를 시도합니다.]

[강화가 성공합니다.]

[싸구려 가죽 신발(+6)이 싸구려 가죽 신발(+7)로 변합니다.]

[강화 스킬이 오릅니다.]

그리고 끝.

칭호는 뜨지 않았다.

"……?"

-뭐야? 왜 저래?

-칭호 뭐 떴는지 말해줘요! 빨리!

-우리가 강화석 줬잖아! 먹튀냐!

-빨리 대답해라! 루카스!

"저…… 여러분."

⋯⋯?

"칭호가 안 뜨는데요."

⋯⋯??

그리고 채팅창은 폭발했다.

[강화를 시도합니다.]

[강화가 성공합니다.]

[고대의 망치(+5)가 고대의 망치(+6)로 변합니다.]

[강화 스킬이 오릅니다.]

[연속 성공으로 추가 보너스를 받습니다.]

[강화를 시도합니다.]

[강화가 성공합니다.]

[고대의 망치(+6)가 고대의 망치(+7)로 변합니다.]

[강화 스킬이 오릅니다.]

[연속 성공으로 추가 보너스를 받습니다.]

태현은 겁도 없이 달렸다.

어차피 망치는 파괴되지 않을 테니까!

[칭호: 칠성 강화의 성공자를 얻었습니다.]

[서버 최초로 칭호를 얻었습니다. 각 스탯이 25씩 증가합니다.]

"어?"

태현은 놀랐다. 아직까지 +7 성공한 사람이 아무도 없었었나?

어쨌든 좋았다. 가져서 손해 볼 건 없었으니까.

'칭호 확인.'

칠성 강화의 성공자: +7 강화에 성공하는 건 엄청난 인내와 수많은 강화석, 아이템이 필요했을 겁니다. 그리고 운도요.

강화 스킬 레벨 +1, 아이템 강화 시 행운 25% 증가.

"심플하게 좋은 효과인데?"

"뭐야? 뭐 떴어?"

"+7 최초로 성공했다고 칭호 나왔다."

"+7을!?"

최상윤은 다시 한번 놀랐다.

태현이 대단하다는 건 알고 있었지만, 마의 벽인 +7을 이렇게 앉은 자리에서 성공시켜 버리다니.

역시 될 놈은 뭘 해도 될 놈!

괜히 그까지 뿌듯해졌다.

"야. 8강 하게 강화석 좀 더 내놔봐."

"이제 진짜 없어! 너 벌써 백 개 넘게 썼다고!"

"실패 안 한 걸 고맙게 여겨. 강화석 낭비 안 했잖아."

"그래도 그렇지! 너 그거 +7 된 아이템 아깝지도 않냐? 나 같으면 평생 소장하고 있겠다!"

"괜찮아. 이거 일반적인 방법으로는 파괴되지 않음 옵션 붙었거든."

"뭐? 너 설마 그거 믿고 강화한 거냐?"

최상윤의 얼굴이 새파래졌다. 태현은 이해가 가지 않아 물었다.

"왜 그래?"

"너…… 강화는 일반적인 방법에 안 들어가는 거 몰랐냐?"

"뭔 소리야? 강화 일반적인 방법에 들어가잖아."

"그건 1이고! 2에서는 안 들어가! 강화 실패하면 파괴된다고!"

"……!!"

태현은 정말 오랜만에 소름이 돋는 걸 느꼈다.

실수로 실패했으면 그대로 박살 났을 게 분명했다.

+7이 되자 활활 타오르는 고대의 망치. 이 망치가 갑자기 매우 소중하게 느껴졌다. 태현은 얌전하게 망치를 인벤토리에 넣었다. 그리고 뒤로 쓰러졌다.

강화는 여기까지!

CHAPTER 3

시간이 지나고 나자, 태현과 최상윤은 충격에서 벗어났다.

"뭐. 앞으로 조심하면 되잖아."

"그래. 이 미ㅊ…… 아니, 무모한 자식아. 그리고 제발 앞으로는 뭐 하기 전에 게시판 좀 찾아보고 해…… 판타지 온라인 1만 믿지 말고……."

조금만 운이 나빴다면 +5, +6 아이템이 그대로 박살 났을 거라고 생각하니 상상만 해도 아찔했다.

"그래도 성공했잖아? 강화 스킬 레벨도 4까지 올랐네."

스킬 레벨 4!

강화를 노리는 대장장이 중에서는 가장 앞에 있는 것이나 마찬가지였다.

그러나 최상윤도 강화 스킬 레벨 경쟁에 대해서는 잘 몰랐다.

그는 대장장이가 아니었으니까.

"스킬 레벨 4? 높은 건가? 잘 모르겠네. 다른 대장장이 스킬 레벨은 나도 몰라서."

"몰라. 어쨌든 많이 배웠으니까 됐지. 게다가 고대의 망치도 어찌어찌 +7까지는 만들었고."

세계 최초의 +7 아이템!

이글거리는 오러가 눈부실 정도였다.

'그런데 어떻게 옵션이 달라진 게 없냐.'

+7 강화치고는 정말 의외였다.

원래 온갖 옵션이 덕지덕지 붙어서 다 읽기 힘들어야 하는 상황.

그런데 고대의 망치는 그대로 달라지는 게 없었다.

"다 됐나요?"

풀밭에 누워서 기다리고 있던 지수가 벌떡 일어섰다.

"대충 끝났어."

"야. 내 거 강화는!?"

"나중에 해줄게. 나중에. 강화석도 없잖아. 사냥 좀 하자. 언제까지 강화만 할 거야?"

"너 때문에 강화하고 있었거든!?"

태현은 최상윤의 말을 무시하고 지수와 같이 걷기 시작했다.

둘이 떠드는 동안 누워 있던 지수는 강화 상황을 몰랐다.

"강화는 잘 됐어요?"

"응. 나중에 네 장비도 해줄게."

"어. 지금은 괜찮을 것 같은데요. 장비 앞으로 좋은 거 나오면……."

"그때 또 하면 되지. 괜찮아. 별로 안 힘들어."

태현은 강화 스킬을 올릴 생각으로 그렇게 말했다.

그러나 지수에게는 충분히 감동적인 말!

'윽.'

태현은 지수의 눈빛이 부담스러워 시선을 돌렸다.

"빨리 가자! 빨리!"

셋은 돌아다니며 오크가 보일 때마다 공격했다.

"취익, 인간 너무 강하다!"

"크아악! 도망쳐라, 도망쳐라!"

원래 태현 하나만 해도 오크를 썰고 다닐 만한 스펙이었는데, 최상윤까지 끼자 말 그대로 폭풍학살!

덕분에 지수만 폭풍 레벨 업을 하고 있었다.

"저 레벨 올랐어요!"

"축하해."

"저 또 레벨 올랐어요!"

"벌써? 잘됐네."

"저 또 레벨……."

"시끄러."

"네……."

태현은 아직도 레벨 26.

경험치 바는 거의 미동도 하지 않은 것 같았다.

아키서스의 화신으로 전직한 페널티!

레벨 업을 하기 위한 엄청난 경험치 양.

지수는 태현의 눈치를 보며 물었다.

"화…… 나셨어요?"

"아니야. 농담한 거지."

둘의 대화를 들은 최상윤이 끼어들었다.

"얘 그런 걸로 안 삐지니까 걱정 말고 놀려."

"네!"

"네는 무슨 네야? 얘 말 듣지 마."

한 차례 오크들을 사냥하고 나서, 지수는 로그아웃을 했다.

그녀는 태현이나 최상윤처럼 오래 붙잡고 있을 수 없었다.

"우리도 그러면 오늘은 여기까지만 하자."

"그래. 오크 족장은 다음에 들어오면 찾아보자."

"너…… 쟤한테 쓸데없는 소리 한 거 없지?"

"없어, 없어."

'네 집 주소랑 전화번호 빼고는 말이야.'

소심한 복수!

최상윤은 속으로 웃었다. 여자인지 남자인지 구분도 못 하는 둔한 놈아, 한 번 당해봐라!

"그런데 쟤는 어디서 만난 거야?"

"마을 앞에서 만났는데 워낙 못해 가지고 도와주다 보니까 이렇게 같이하게 됐네. 애가 워낙 못해서 사람 마음을 짠하게 만들어."

태현의 마음이 관대해지는 것이 몇 가지 있었다.

귀여운 고양이나, 착하고 성실한 성격, 그리고 게임을 엄청 열심히는 하는데 재능이 없어서 못하는 사람도 거기에 들어갔다.

본인이 워낙 게임을 잘하다 보니 게임의 재능이 없는 사람을 보면 살짝 마음이 약해지는 것이다.

"너 근데 파티 사냥 별로 안 좋아하잖아? 솔플만 하지 않나?"

"그렇긴 한데…… 쟤가 같이 다니자고 하면 이상하게 거절하기가 힘들더라고."

반짝반짝 빛나는 눈동자!

워낙 예쁘장하기도 했고, 지수가 그렇게 부탁을 하면 거절하기가 힘들었다.

"이번 오크 퀘스트만 깨고 따로 놀아야지. 직업도 달라 가지고 서로 퀘스트 라인이 잘 안 맞을 거야."

"쟤 보면서 뭔가 이상하다고 생각한 건 없고?"

"이상한 거? 남자애가 너무 예쁘게 생긴 거?"

"그래! 그리고 또 뭐 없어?"

"남자애가 막 '형! 형!' 거리면서 묘하게 달라붙는 거?"

"그래! 또 다른 건?"

"자꾸 내 번호를 물어보고 그러네. 눈빛도 약간 묘하고."

"친구야. 지금 말한 것들을 다 묶어서 생각해 봐. 뭔가 떠오르는 게 없니?"

"너도 그 생각했냐?"

최상윤은 살짝 놀랐다.

둔감한 줄만 알았지만 그래도 이 자식이 눈치는 있었구나!

이렇게 떠먹여 주면 눈치를 채네!

"지수가 아무래도 남자를 좋아하는 거 같지?"

"……."

최상윤은 한심하다는 듯이 태현을 쳐다보았다.

"그냥 넌…… 혼자 살아라."

어렸을 때부터 태현과 같이 논 최상윤은 태현을 높게 평가했다.

진짜 남자이자 진짜 친구.

오래 지낼수록 진짜 가치가 나오는 사람이 태현이었다.

게다가 집안은 말할 필요가 없을 정도로 부잣집!

얼굴이 약간 험상궂기는 했지만 오히려 덩치와는 잘 어울렸다.

최상윤은 태현과는 달리 꽃미남이었고, 덕분에 여자들에게 인기가 많았다.

태현 같은 친구가 혼자 있는 게 이해가 안 가서 몇 번 여자를 소개시켜 줬었지만…….

오래간 적은 없었다.

타의 추종을 불허하는 둔감함 때문이었다.

몬스터 피가 1이라도 깎이면 눈치를 채는 놈이 어떻게 그렇게 둔감할 수가 있는지 아직도 신기할 정도였다.

한 번은 둘이서 더블데이트를 하려고 했었다.

최상윤은 먼저 여자친구와 역 앞에 와 있었고, 태현도 와 있었다.

그리고 전날 소개팅을 시켜준 태현의 여자친구가 늦게 와서 태현을 불렀다.

"태현아!"

그 소리를 들은 태현은 고개를 돌려 아는 척을 했다.

다른 여자한테.

"……."

아무리 사귄 지 얼마 안 됐다지만 전날 만난 상대 얼굴을 잊어버리는 놈이 어디 있단 말인가!

당연히 둘은 헤어졌다.

그런 일이 몇 번 반복되고 나자 태현은 최상윤이 여자만 소개시켜 준다고 하면 질색을 했다.

"아, 됐어. 네 연애나 잘해. 맨날 헤어지는 놈이 오지랖은……."

이런 말을 들으면 최상윤도 울컥했다.

그가 헤어진 건 거의 99% 태현 때문이었다.

헤어진 여자친구의 2/3는 이렇게 말했다.

"너는 나보다 쟤가 더 좋지?"

"오빠는 나보다 태현 오빠가 더 좋잖아?"

"둘이 사귀어라, 이 나쁜 XXX야!"

그리고 나머지 1/3은 이렇게 말했다.

"저…… 미안해. 나는 너보다 태현이가 더 좋아졌어."

"오빠, 미안. 사람 마음이란 게 마음대로 안 되잖아?"

태현을 불러서 같이 논 최상윤 잘못도 있었지만, 아무리 그
래도 그렇지 전부가 태현 때문에 헤어지거나 태현한테 반해서
헤어지는 건 아니지 않지 않은가!

태현이 알게 되면 매력적이기는 했다. 그렇지만 아무리 그래
도 그렇지…….

더 사람을 환장하게 만드는 건 태현의 태도였다.

"또 헤어졌냐? 너 연애 참 못한다."

뒷목을 잡고 쓰러질 수준의 도발!

그게 끝이 아니었다.

태현에게 반한 여자애 중 태현에게 용기를 내서 접근한 애
도 있었다.

사실, 최상윤을 찬 전 여자친구였지만.

최상윤은 참을 수 있었다. 어차피 그도 진심으로 좋아한 건
아니었고 태현은 그의 친구니까.

이걸 기회로 둘이 잘된다면…….

그러나 다음에 나타난 태현은 혼자였다.

"……너 지은이는 어디 두고 혼자 다니냐?"

"뭔 소리야?"

"지은이가 너한테 고백 안 했어?"

"아. 그게 고백이었어? 나랑 같이 걷고 싶다고 하길래 난 혼자 운동한다고 말했는데."

"……."

"고백을 하려면 똑바로 좋아한다고 말했어야지."

"말했으면?"

"말했으면 나도 똑바로 거절을 했겠지."

절대 받아준다는 말은 하지 않았다.

"그냥 만나볼 수는 있잖아?"

"안 좋아하는데 시간 낭비야. 귀찮아."

이런 일이 반복되니 최상윤은 슬슬 걱정이 되기 시작했다.

이 자식 이러다가 연애 아예 못 하는 거 아니야?

그런 와중에 지수 같은 귀여운 애가 두근거리는 마음으로 태현을 쫓아다니는 걸 봤다.

도와주고 싶었다. 게다가 태현이 드물게 같이 다니는 사람 아닌가.

아마 어리고, 실력이 없어 보여서 불쌍해서 그런 것 같았다.

태현이 그런 면에서는 좀 약하니까.

아니었다면 저렇게 예쁘장한 남자애(착각이지만)를 데리고 다닐 리는 없을 터!

이번 기회를 놓치면 태현은 진짜 혼자 살다 죽을지도 몰랐다.

'꽉꽉 밀어주자!'

나쁜 애 같지도 않고 얼굴도 저 정도면 본판이 못생겼을 리는 없었다.

그런데 정작 태현은 저렇게 헛소리를 하고 있으니…….

태현은 영상을 보고 있었다.

게임 방송 영상들.

확실히 최상윤의 말을 듣고 태현은 좀 반성했다.

그는 판타지 온라인 1에서의 경험만을 믿고 너무 2를 얕보고 있었다.

운이 좋아서 망정이지, 자칫하면 고대의 망치가 박살 났을 뻔했다.

앞으로 진지하게 순위를 올리는 걸 노리려면 다른 사람들의 영상도 보고 정보를 얻는 게 좋았다.

"그래. 공부해서 남 주나?"

태현은 오늘은 어떤 영상들이 있나 찾아봤다.

[네크로맨서를 꿈꾸는 초보자를 위한 공략! 이 방송만 보면 당신도 이세연이 될 수 있다!]

[근딜에게 필수적인 퀘스트들과 스킬들! 스탯이 앞서야 다른 사람보다 앞선다!]

[랭킹 2위 스미스 평원 전투 명장면 모음집]

[에스파 왕국에 나타난 조폭 오크들!]

[50종류의 몬스터에게 맞아죽어 보았다]

방송의 종류는 다양했다. 예능부터 공략까지. 모두가 치열하게 순위에 들려고 노력하고 있었다.

그 와중에 랭커 스미스는 전설 직업 퀘스트의 막바지에 도착한 모양이었다.

지금 생방송으로 진행하고 있는 퀘스트가 엄청난 인기였다.

'에이. 진짜 되나.'

잘생긴 놈이 성공하는 건 왠지 모르게 배가 아팠다.

[대장장이 랭커 루카스, +7 강화에 대한 해명 방송]

"오, 이게 뭐지?"

태현은 별생각 없이 방송을 클릭했다. 루카스라는 대장장이가 방송에서 해명을 하고 있었다.

-여러분, 저한테 보내주신 선물, 응원, 지지…… 모두 감사합니다. 저를 믿어주십시오! 저는 정말로 먹튀를 한 게 아닙니다! 여기 아이템창을 보십시오!

싸구려 가죽 신발(+7):

내구력 250/250, 방어력 85, 마법 방어력 65

스킬 '이중 점프' 사용 가능.

스킬 '전력 질주' 사용 가능.

이동 속도 50% 증가, 데미지 입을 시 일정 확률로 '하급 회복' 사용 가능. 화염 데미지에 50% 내성. 빙결 데미지에 50% 내성.

싸구려 가죽으로 만든 신발이었지만 지금은 아니다. 한 대장장이의 피와 땀, 눈물이 담긴 기적 같은 신발. 대체 대장장이가 왜 그 많은 강화석을 써서 이 싸구려 가죽 신발을 강화했는지는 알 수 없다.

+7 아이템!

이번에 루카스가 강화한 아이템이었다.

설명창은 놀리는 것 같았지만, 옵션과 스탯은 정말로 화려했다.

온갖 스킬이 덕지덕지 붙은 데다가 내구력과 방어력은 어지간한 중갑 방어구를 뛰어넘는 수준.

게다가 레벨 제한도 스탯 제한도 없었다.

이 정도면 도적 계열 직업 고렙들이 그냥 지금 신어도 충분히 쓸 수 있는 수준!

-뭐야. 진짜 +7 성공했잖아?
-그러면 칭호는 왜 안 뜬 거지?

루카스가 이렇게 해명 방송을 하는 이유가 있었다.

루카스가 +7에 성공했는데 칭호가 뜨지 않았다고 했기 때문이었다.

그걸 본 시청자들은 의심했다.

"이 사람 +7 한다고 말만 해놓고 먹튀한 거 아냐?"

의심이 불어나자 루카스도 무시할 수가 없었다. 그는 결국 방송을 켜고 아이템창을 켰다.

옵션은 보여주고 싶지 않았다. +7이 어느 정도의 효과가 있는지도 엄청 귀중한 정보였던 것이다.

그러나 괜히 가렸다가는 또 합성이니 뭐니 욕을 먹을 것 같았다.

결국 전부 다 오픈!

"그러면 칭호는 왜 안 나온 거야?"

"+7만 칭호를 안 준다거나?"

"그게 말이 되냐? +5, +6도 다 나왔는데."

"사기 아냐?"

"생방송인데 어떻게 사기를 쳐?"

"몰라. 어쨌든 사기임."

방송을 보던 태현은 갑자기 미안해지는 걸 느꼈다.

'아니…… 난 이런 걸 하고 있는 줄은 몰랐지…….'

그는 몰래 익명으로 채팅창에 글을 썼다.

-다른 사람이 +7을 먼저 한 거 아냐? 루카스 너무 뭐라고 하지 말자. 칭호 안 떠서 속상한 건 루카스 아니겠어?

태현으로서는 최선의 친절을 베푼 셈이었다.

그러나 반응은 냉정했다.

"루카스보다 +7 먼저 한 놈이 어디 있다고 그래?"

"길드 대장장이들? 했으면 가장 먼저 지들이 했다고 자랑하고 다니겠지. 걔네들은 안 해도 했다고 우길걸?"

"너 왜 루카스 쉴드치냐?"

"너 루카스지?"

순식간에 쏟아지는 폭격!

태현은 혀를 차며 물러섰다.

'미안하다, 루카스. 난 그냥 널 도와주려고 한 거였는데……'

만나본 적도 없는 랭커한테 느껴지는 미안함!

태현은 미안한 마음을 접어두고 게임에 다시 접속했다.

들어오자 얼마 지나지 않아 지수가 들어왔고, 그다음에 최상윤이 들어왔다.

태현은 그들을 기다리면서 인벤토리에 있는 물건들을 만지

작거렸다.

쉬어서 뭐하냐.

남는 시간에도 꾸준히 스킬 레벨을 올려야 했다.

전설 직업을 얻었지만 결코 게을러지지 않는 부지런함!

강해지기 위해서는 온갖 짓을 다 할 수 있는 게 태현이었다.

'대장장이 기술 스킬은 중급 레벨 6이고, 아직 요리는 초급 레벨 9네. 요리를 좀 더 했으면 좋겠는데. 재봉도 그렇고 나중을 대비해서 채굴 스킬도 좀 올려놔야……'

누가 들으면 무슨 혼자서 백화점 차릴 거냐고 물을 정도로 방대한 스킬 목록들!

하지만 태현의 고집은 흔들리지 않았다.

다양한 스킬을 갖고 있는 만능캐야말로 어떤 상황에서도 이길 수 있는 잠재력을 갖고 있다!

"왔냐?"

"어."

"저도 왔어요!"

"그래. 그래."

태현은 대충 인사하고 아이템을 착용했다.

근성의 벨트(+1):

내구력 150/150, 방어력 20, 착용 시 체력 25 상승, 지구력

25 상승.

스킬 '끈질긴 지구력' 사용 가능.

패시브 스킬 '불굴' 사용 가능.

힘 제한 50, 체력 제한 50.

도시의 권투 대회에서 우승한 챔피언이 쓰던 벨트다. 이 마법이 걸린 벨트를 끼고 우승한 게 알려진 챔피언은 벨트를 몰수당했다.

PK를 신청했던 두 멍청이한테서 얻어낸 아이템!

근성의 벨트는 매우 좋은 아이템이었다. 태현이 쓰고 있던 초보 대장장이를 위한 벨트도 좋은 아이템이었지만, 근성의 벨트가 한 수 위였다.

이런 걸 끼고 있었다니.

'실력은 허접이었는데 그래도 아이템은 꽤 괜찮은 걸 들고 있었잖아?'

두 사람이 들으면 혈압이 올라서 뒷목을 잡을 소리였다.

근성의 벨트도 좋은 아이템이었지만, 더 좋은 건 따로 있었다.

마력 회복의 귀걸이:

내구력 55/55, 마법 방어력 35, 속성 방어력 35

스킬 '마나 충전' 사용 가능.

스킬 '마나 흡수' 사용 가능.

마나 회복 속도 25% 증가. 마법 사용 시 소모된 마나의 5%를 회복.

언제나 마나 부족이 고민이었던 마탑의 마법사가 연구 끝에 만들어 낸 비장의 작품이다. 만든 날에 도둑이 들어 이 귀걸이를 훔쳤지만, 마법사는 이 귀걸이를 만드느라 마나가 다 떨어져 도둑을 막을 수 없었다.

슬픈 사연은 무시하고, 옵션만 보면 매우 좋은 아이템이었다.

언제나 마나 회복 옵션은 아이템 옵션 중에서 상위권에 있는 옵션.

있으면 무조건 좋은 옵션이었다.

두 PK 콤비 중 최은철이 마법사였다. 아마 이 귀걸이는 그가 정말로 아끼는 물건이었을 것이다.

마법사한테 이런 아이템은 정말 귀중하고 구하기 힘든 물건이었으니까.

사실 최은철도 이걸 PK로 뺏었지만, 태현은 알지 못했다.

어쨌든 이제는 태현의 차지!

아쉽게도 불타는 강철의 중갑과 불타는 강철의 도끼는 직업 제한과 레벨 제한 때문에 착용할 수 없었다.

'나중에 팔아버려야지.'

"어? 거기서 뭐 하세요?"

태현은 둘과 같이 움직이려다가 요새로 돌아온 익숙한 얼굴들을 찾았다.

최하준과 최하영 파티였다. 그때 PK 콤비한테 죽은 파티원도 부활했는지 같이 있었다.

"아. 안녕하세요. 옆의 분은……"

"제 친굽니다."

"안녕하세요. 사유예요."

철저한 컨셉질!

최상윤은 시치미를 떼고 목소리를 변조시켰다.

그걸 본 남자들의 눈빛이 몽롱해졌다. 최하준은 가슴이 두근거리는 걸 느꼈다.

"그보다 밖에서 퀘스트 깨고 있을 줄 알았는데요. 72시간 지난 지 좀 되지 않았나요?"

"아. 네. 원래 그러려고 했는데요……"

최하영은 고개를 끄덕이며 말했다.

그들은 오크 머리 퀘스트를 시작으로, 요새 사람들의 친밀도를 얻기 위해 퀘스트를 깨나갔다.

다른 요새로 간 사람들은 '레드존' 길드가 자릿세부터 시작해서 세금을 걷고 있다는 소문을 들었다.

그렇게 생각하니 이 요새에 들어올 수 있었던 게 다행으로 여겨졌다.

빡빡한 세금에 비교하면 태현의 요구는 천사 수준!

그러나 일은 쉽게 풀리지 않았다.

레드존 길드원들이 점점 돌아다니기 시작한 것이다.

"필드에서 오크 사냥하는데 꺼지라고……."

"여기 걔네가 점령한 오그던 요새하고 거리 좀 있지 않아요?"

아덴 요새는 오그던 요새와 거리가 있었다. 레드존 길드원들이 돌아다니는 곳과 겹치지 않을 것이다.

"아마 주변 정리 끝내서 온 거 아니야? 세금 더 걷으려고."

태현의 추측이 맞았다.

레드존 길드가 대충 요새 주변의 오크들을 다 치우자, 다른 곳으로 떠나서 퀘스트를 하는 플레이어들이 보였던 것이다.

요새 안에서 쉬지 못하더라도, 각종 시설이나 그런 걸 이용하지 못하더라도 내가 세금은 내지 않겠다!

그만큼 세금은 사람들이 내기 싫어하는 것이었다.

물론 그렇다고 세금을 내릴 생각은 없었다.

-영역을 늘리면 되지!

그래서 레드존 길드원들은 돌아다니면서 윽박지르고 있었다.

요새 안을 지키는 게 아닌, 필드를 돌아다니면서 삥을 뜯는 깡패들 수준!

"너무 심하잖아? 겁이 없네."

최상윤이 조용히 말했다. 최하준과 최하영 파티원들도 꽤 억울한 모습이었다.

"저렇게 악명 쌓아봤자 길게 봐서 좋을 게 없는데…… 길드 마스터가 한탕 제대로 하고 싶나 봐."

저렇게 깽판을 치면 오래 갈 수가 없었다.

악명이 쌓이면 다른 왕국의 NPC들이나 병사들이 그들을 공격할 수도 있었다.

그리고 거기까지 가지 않더라도 플레이어들의 불만이 쌓이면 위험했다.

이 주변에서 돌아다니는 플레이어들은 힘이 없으니까 가만히 있는다지만, 다른 플레이어들은?

이 플레이어들이 인맥으로 다른 고렙 플레이어들을 부를 수도 있었다.

아니면 유명해지고 싶은 고렙 플레이어들이 레드존 길드를 공격해서 명성의 먹이로 쓸 수도 있었다.

저런 식의 깽판은 정말 세력이 강한 길드도 각오하고 해야 하는 짓이었다.

그런데 '레드존' 길드는 그냥 평범한 수준의 강한 길드.

저런 식으로 한다는 건 지금 이익에 눈이 멀어서 미래를 포기하는 짓이었다.

"만나면 좀 귀찮겠는데?"

"세금 낼 거야?"

"미쳤냐? 덤빌 거면 덤비라고 해. 어디서 별 같잖은 놈들이……."

태현은 어이가 없다는 듯이 대꾸했다. 저런 식으로 까부는 놈은 처음이 아니었고 마지막도 아니었다.

판타지 온라인 1에서 비슷한 경험을 한 적이 있었다.

광산 하나에 들어가서 희귀 광석을 모으기 위해 석 달 동안 광석만 캤었다.

아무리 태현이라도 계속 광석만 캐다 보니 사람이 말라갔다.

그런 상황에서 광산을 점령한 길드가 발표한 명령문!

-이 광산은 우리 길드가 점령했다! 앞으로 이 광산을 쓰려는 놈들은 세금을 내고 입장료를 내라!

광산 깊숙한 곳에서 있던 태현은 밖으로 나왔다가 그 소리를 듣고 돌아버렸다.

그동안 쌓이고 쌓인 스트레스를 해소할 기회!

길드원들을 쪼개고 묻고 후려치고 절벽에서 밀어버리고……

길드가 치를 떨고 광산에서 도망쳐도 쫓아갔다.

결국 그 길드는 공중분해.

"레드존 길마가 레벨 몇이지?"

"어…… 나랑 비슷하거나 낮을걸?"

"고렙이긴 하네. 레벨 먹고 하는 게 애들 삥 뜯는 거냐? 에이……."

"그런데 너 상태로는 지금 상대하기 힘들지 않아?"

"그렇긴 하지. 그렇지만 싸움을 일대일로만 하는 건 아니니까……."

태현이 씩 웃는 걸 보고 최상윤은 안심했다.

태현이 저럴 때는 뭔가 사악한 계획을 꾸밀 때였다. 특히 적한테.

"그러면 지금 밖에 나가면 레드존 애들 볼 수 있는 거?"

"돌아다니면 한두 번은 만나겠지."

"오크 부족장 머리 대신 따다 달라고 하면 안 해주겠지?"

"퍽이나 해주겠다. 세금 내라고 할걸?"

"진짜 도움이라고는 하나도 안 되는군. 가자."

태현은 그렇게 말하며 손짓했다. 지수와 최상윤은 태현의 뒤를 따라 밖으로 나갔다.

"잠, 잠깐만요! 레드존 길드와 싸우려는 건가요?"

"필요하면 싸울 생각인데."

"저, 저희도 도와드릴 수……."

최하영이 그렇게 말하자 파티원들은 화들짝 놀랐다.

레드존 길드원들과 싸우라고!?

레드존 길드가 서버를 주름잡는 최고의 길드는 아니더라도 요새 하나를 점령할 수준은 됐다.

괜히 찍혔다가는 골치가 아파졌다.

혼자서 길드를 상대하는 건 보통 일이 아니었으니까.

파티원들이 우물쭈물하는 걸 본 태현은 피식 웃었다.

"됐어. 도와줄 필요 없으니 그쪽 일이나 잘해."

어느새 존댓말에서 반말로 바뀌어 있었다. 그러나 파티원들은 뭐라고 하지 못했다.

속마음을 들킨 부끄러움 때문이었다.

"아니, 잠깐만요! 하준아. 도와줘야지!"

그러나 최하준은 고개를 저었다.

"누나. 레드존이랑 지금 싸우는 건 좀 아닌 것 같아."

"왜?"

"지금 레드존 길드에서 자꾸 영역을 넓히려는 이유가 뭐겠어? 사람들이 그쪽 요새 말고 다른 곳에서 사냥하고 퀘스트 깨려니까 그러는 거잖아. 그런데 지금 상황에서 싸웠다가는 본보기가 될 거야."

"그게 무서워서 안 도와준다고!?"

"……현실적으로 생각을 해야지. 괜히 지금 부딪힐 필요는 없잖아."

다른 파티원들도 마찬가지 생각이었다.

"쟤네들 안 데리고 가도 돼? 내가 데리고 와볼까?"

"네가 어떻게?"

"저기 파티원들 눈빛 보니까 내가 부탁만 하면 뭐든지 들어 줄걸?"

"……."

"……."

지수와 태현은 동시에 한심하다는 눈빛을 보냈다.

최상윤은 억울하다는 듯이 외쳤다.

"아니, 왜! 난 잘못 없어! 지들이 착각한 게 잘못이지!"

"됐어. 데리고 와봤자 도움도 안 될 놈들이야. 싸울 생각 없으면 거슬리기나 하지."

"어떤 식으로 싸우려고?"

"일단 놈들을 보자. 안 부딪혀도 퀘스트 깰 수 있을 것 같으면 그냥 퀘스트만 깨고 가도……."

그러나 태현의 말이 끝나기도 전에, 저 멀리서 폭발이 보였다.

"뭐냐?"

"마법사 있나 본데? 그리고 저건…… 오크 부족들이네. 레드존 애들이 치고 있나 보다."

"……."

공격을 할 가능성이 있는 오크 부족은 먼저 처리!

안 부딪혀도 될 거 같으면 최상윤을 앞세워서 오크 부족장만 죽인 다음 그걸로 어떻게 퀘스트를 마무리할 생각이었다.

그러나 지금 저걸 보니 그건 무리 같았다.

'어떻게 싸울까……'

싸우는 건 상관이 없었지만 지금 인원이 문제였다.

레드존 길드는 레벨도 레벨이었지만, 길드니까 조합이 좋을 것이다.

전사에 사제에 마법사에…….

그런 조합에 최상윤만 믿고 들어갈 수는 없었다. 레드존 길드에 고렙 플레이어가 없는 것도 아니고.

"사람들 부를까?"

"뭔 사람들?"

"내 팬들."

"……아니. 그건 최후의 수단으로 하자."

친구가 여장을 하고 모르는 사람들에게 애교를 떠는 모습은 시각적으로 견디기 힘들 것 같았다.

"대충 20명 정도인가. 좋아. 일단 돌아가자."

"응?"

태현이 더 이상 다가가지 않고 돌아가자 최상윤은 놀랐다.

"걱정 마. 생각해 놓은 방법이 있거든."

"거기 멈춰라!"

"……?"

태현은 놀랐다.

지금 레드존 길드원들과는 거리가 꽤 멀었다.

그런데 어떻게 이렇게 빨리 가까이 올 수 있었지?

정답은 곧 알 수 있었다.

상대는 레드존 길드원들이 아니었던 것이다.

익숙한 두 얼굴과 모르는 세 얼굴이 추가로 있었다.

"너희였냐? 난 또 뭐라고……."

김병국과 최은철. 괜히 태현을 얕보고 PK를 시도했다가 죽어서 아이템을 뺏긴 두 사람이었다.

72시간이 지나고, 부활하자마자 그들은 아이템창을 확인했다.

대참사!

중갑, 도끼, 벨트, 귀걸이를 뺏긴 상황. 김병국도 김병국이었지만 최은철은 심각했다.

"반드시 귀걸이를 되찾아야 해!"

뺏긴 귀걸이 같은 아이템을 다시 구할 자신이 없었다. 반드시 태현한테서 찾아야 했다.

사망 페널티나 그런 건 신경도 쓰지 않고 그들은 태현을 찾았다.

물론 친구들도 불렀다. 태현한테 당했으니 두 명이서 상대할 생각은 없었다.

총 다섯 명!

레벨 50대의 플레이어 다섯 명이 있으니 태현 같은 플레이어 정도는 손쉽게 박살 낼 수 있으리라.

"이 자식……! 죽기 싫으면 당장 귀걸이를 내놔라!"

"아. 그 귀걸이? 고마워. 잘 쓰고 있어."

만나자마자 도발! 최은철의 이마에 굵은 힘줄이 돋았다. 태현은 얄밉게 웃으며 손을 흔들었다.

"이걸 되찾고 싶나 봐? 어떡하냐? 나 이거 내일 경매 사이트에 올릴 생각인데. 그때 다시 사면 되겠네."

"죽여 버린다! 올리기만 해봐!"

"어쩔 건데?"

"당장 그 귀걸이 안 내놓으면 죽일……."

"죽여서 뭐 어쩌려고? 난 너처럼 PK한 상태가 아니라서 죽여 봤자 아이템도 별로 안 떨어질걸. 귀걸이가 떨어지겠냐? 기껏해야 오크한테서 뺏은 돌멩이나 떨어질 거 같은데. 사망 페널티도 레벨 낮아서 별거 없고."

태현은 팩트로 최은철을 두들겨 팼다. 최은철은 반박도 하지 못하고 입술을 씰룩거렸다.

"이, 이 자식이 진짜……!"

"근데 걱정 마."

"……?"

"우린 PK 할 생각이거든. 지금부터."

태현은 손을 내렸다. 그게 신호였다. 옆에 있던 최상윤의 모습이 사라졌다.

판타지 온라인 1 때부터 같이한 둘은 서로 눈빛만 봐도 호흡을 알았다.

스킬 '축지'는 거리를 단숨에 지우는 스킬로, 마법사나 궁수 같은 원거리 직업을 상대할 때 매우 편리한 스킬이었다.

최상윤은 그 스킬로 단숨에 거리를 좁혔다.

가장 먼저 노리는 건······.

"크아악!"

사제!

다섯 명 중 가장 먼저 사제를 노렸다. 최상윤의 검이 부드럽게 움직이며 사제의 목을 그대로 후려쳤다.

레벨 90이 넘는 랭커가 기습을 했는데 사제 같은 방어력과 체력이 낮은 직업이 버틸 수 없었다.

사제는 바로 시체가 되어 로그아웃 당했다.

"현준아!"

선공으로 PK를 한 최상윤의 몸이 붉게 물들었다.

PK 플레이어라는 뜻!

상대가 말하지 않으면 이름도 알아내기 힘들 정도로 정보가 잘 숨겨지는 판타지 온라인 2였지만, 겉으로 봐서 알 수 있는 몇 가지가 있었다.

장착한 아이템의 겉모습이나, 현재 상태. 그리고 상대가 PK를 했는지 안 했는지가 거기에 들어갔다.

저 붉은 상태에서 죽으면 더 많은 페널티를 입고, 더 많은 아이템을 잃게 됐다.

실제로 김병국과 최은철이 저 상태에서 태현한테 죽었다가 아이템을 날렸다.

그러나 최상윤은 조금도 신경 쓰지 않았다.

안 죽으면 되니까!

"너, 이 자식……!"

다음은 마법사!

최상윤은 랭커다웠다. 혼란스러운 상황에서도 차근차근 우선순위대로 공격했다.

전사의 공격을 피하고 도적의 기습을 피한 다음, 잽싸게 마법사에게 다가갔다.

"화염 화…… 컥!"

마법사의 마법은 강력할수록 준비하는데 걸리는 시간이 길었다.

그사이 공격을 받으면 시간이 길어졌다.

최은철도 지금 상황에서 준비가 많이 필요한 마법을 쓰지는 않았다.

바로 쓸 수 있는 화염 마법으로 일단 최상윤의 발을 묶으려한 것이다.

재빠르게 움직이는 걸 보아하니 민첩 계열의 전사. 그렇다면 방어력이 높지는 않을 것이다.

그러나 최상윤은 그 공격도 허락하지 않았다.

레벨이 40 가까이 차이 나도 절대 방심하지 않는 철저함!

그러는 사이 태현은 김병국과 대치했다. 김병국은 태현을 죽일 듯이 노려보았다.

태현은 피식 웃으면서 물었다.

"이번에는 먼저 안 덤비나?"

김병국은 잠시 망설였다. 먼저 공격하면 PK 플레이어 취급을 받게 됐다.

그걸 알기에 태현은 기다렸다. 최상윤이야 상관없었지만 그는 아니었으니까.

김병국은 이를 악물더니 달려들었다. 지금 뒤에서 날뛰는 저 미녀는 레벨이 꽤 높아 보였다.

그렇다면 빨리 태현을 끝내고 친구들을 도와줘야 했다.

뒤에서 들리는 비명 소리가 신경 쓰였다.

"이 자식! 죽어라!"

김병국의 장비는 바뀌어 있었다. 도끼 위주로 일격 일격을 날리는 스타일에서, 거대한 방패를 한 손에 들고 비교적 작은 도끼를 든 스타일로.

거대한 도끼는 죽을 때 태현한테 뺏겼기도 했지만, 나름 생각을 한 것이다.

'저놈…… 레벨 낮아 보였는데 공격력이 범상치 않아. 뭔가 스킬이 있다.'

태현에게 일격에 죽었는데 똑같은 짓을 다시 반복할 만큼 김병국은 바보가 아니었다.

레벨이 실제로는 높거나, 아니면 무언가 특수한 직업이라 특수한 스킬을 갖고 있거나.

판타지 온라인 2의 세계는 넓었다.

그래서 선택한 게 이 극단적인 방어 스타일이었다.

거대한 방패로 몸 전체를 가리고 다른 한 손에 든 도끼로 상대의 빈틈을 노린다!

저번에 태현과 붙었을 때, 태현의 움직임은 놀라웠지만 엄청나게 빠르지는 않았다.

민첩을 주력으로 올리는 전사나 도적에 비교하면 그 속도는 충분히 볼 수 있었다.

그가 먼저 덤볐다가 동작을 전부 읽히고 카운터를 맞은 것이지, 이렇게 버티면 태현한테 먼저 맞을 일은 없었다.

아무리 데미지가 강하더라도 방패가 흡수할 테니까!

-방패 강타!

익숙하지 않은 방패여도 레벨은 레벨. 김병국의 스킬은 제법 위력적이었다.

태현은 재빨리 옆으로 피했다.

콰콰쾅!

"머리 좀 썼군!"

땅바닥에 길게 끌린 자국이 생겼다. 김병국은 방패 뒤에 얼굴을 숨기고 태현을 노려보았다.

방패에 몸을 숨기고 계속 저렇게 덤비겠다는 뜻.

"좋아, 어디 한 번……."

행운의 일격, 7중첩!

공격력을 폭발적으로 올린 다음 태현은 달려들었다. 노리는 건 김병국의 방패.

한 대 때리면 상대가 그 틈을 노리고 쳐오겠지만 피할 자신이 있었다.

스킬을 쓰더라도 태현도 전설 직업, 아키서스의 화신으로 전직하며 얻은 스킬들이 있었다.

위험할 경우 그 스킬들을 쓸 것이다.

'와라!'

김병국의 눈빛이 타올랐다. 아무리 공격력이 강해 봤자 이 방패를 뚫을 수는 없었다. 움직임이 멈추는 순간 바로…….

콰콰콰콰콰콰콰콰콰쾅!

굉음이 터져 나왔다.

뒤에서 싸우던 최상윤도 고개를 돌릴 정도!

[강력한 충격으로 엑시온 강철 방패가 파괴되었습니다.]

아이템 파괴!

김병국의 입이 떡 벌어졌다.

판타지 온라인을 하면서 말로만 들었었지, 처음 보는 현상!

정말 강력한 보스 몬스터를 상대할 때는 아이템이 박살 날 수도 있었다.

아이템도 내구도가 있었으니 재수 없으면 그렇게 되는 것이다.

그러나 플레이어를 상대하면서, 풀 내구도인 장비가 이렇게 되다니…….

"이, 이 자식……."

태현도 놀랐다. 이 고대의 망치의 위력에.

그러나 지금은 놀랄 때가 아니었다. 태현은 망치를 들고 씩 웃었다.

"잘 가라."

퐁!

어딘가 귀여운 소리가 났다.

[고대의 망치는 생명체에게 데미지를 주지 못합니다.]

"네?"

태현은 무의식적으로 시스템에게 말을 걸었다.

물론 대답은 돌아올 리 없었지만.

"……?"

죽을 줄 알았던 김병국은 눈을 질끈 감았다. 그러나 데미지
가 없었다.

"뭐야?"

김병국은 무의식적으로 눈을 뜨고 태현을 쳐다보았다.

태현은 한숨을 쉬며 망치를 집어넣고 검을 꺼냈다.

아직 행운의 일격 버프가 걸린 상태.

"잠, 잠깐……!"

푹푹푹!

"으허억!"

"어쩐지 너무 세다 했지……."

태현은 오러가 타오르는 고대의 망치를 보며 한숨을 쉬었다.

방패를 일격에 파괴시킬 정도의 위력을 갖고 있다면 싸울
때도 편할 것이다.

그렇지만 지금 싸움으로 깨달았다.

'이거…… 아이템이나 무생물체한테만 데미지가 들어가는 아이템이잖아……?'

아이템 중에서는 설명에 나와 있지 않은 히든 옵션이 숨어 있는 아이템도 있었다.

이런 건 직접 경험해서 알아내야 했다.

고대의 망치(+7):

내구력 ∞/∞, 공격력 ?

착용 시 대장장이 계열 스킬 사용 가능, 대장장이 계열 스킬 레벨 상승. 일반적인 방법으로는 파괴되지 않음. 공격력은 대장장이 기술 스킬로 결정됨.

고대의 대장장이가 쓰던 물건이다. 상식적으로 생각했을 때, 고대의 물건이 지금보다 좋을 리는 없지 않은가?

(추가 옵션) 생명체에게 데미지 줄 수 없음

"……."

아무리 쳐다봐도 옵션은 사라지지 않았다.

태현은 다시 한번 한숨을 내쉬었다. 그리고 망치는 인벤토리에 넣었다.

지금이니 망정이지 다른 상황에서 이런 짓을 했다면 목숨이 위험했을 것이다.

뒤에서 비명이 들렸다. 최상윤이 남은 플레이어들을 도륙 내고 있는 모양이었다.

"잠, 잠깐만! 타협하자! 타협!"

푹!

"저는 그냥 돈 받고 온 거예요! 얘네 친구 아니에요! 그냥 놔 주시면……!"

푹!

깔끔한 뒤처리!

변명 따위는 듣지도 않았다. 최상윤은 깔끔하게 남은 플레이어들을 처리했다.

"너 원한 좀 제대로 산 거 아니냐? 나 있을 때면 몰라도 나 없을 때 오면 어떻게 할래?"

"어차피 퀘스트만 깨면 여기 떠날 건데 만날 일도 없어."

판타지 온라인 2의 대륙은 너무 넓어서 어지간해서는 만날 일이 별로 없었다.

게다가…….

"그리고 만나 봤자 이 정도 놈들이면 별로…… 얘네 길드도 아닌 거 같은데."

그냥 현실 친구 몇 명 더 데리고 온 수준!

"그렇기는 해."

"너 PK 페널티는 괜찮냐?"

"여기서 죽을 일 없으니까 괜찮아, 괜찮아. 게다가 나 건드리면 복수할 사람들 많아서 나 못 건드려."

"……."

태현과 지수는 한 걸음 뒤로 물러섰다. 그걸 본 최상윤이 어이없어했다.

"지금 페널티 먹을 거 감수하고 싸워줬는데 그런 취급이야!?"

"하하. 오해란다. 내가 뭘 했다고."

"그런데 아까 그건 뭐야? 스킬? 방패가 박살 나지 않았어?"

"아. 그거."

태현은 한숨을 쉬었다.

"강화한 망치 효과다."

"진짜!? 그거 완전 대박 아니냐!?"

최상윤은 아직 효과를 완전히 모르는 모양이었다.

"그래. 그리고 생명체한테는 데미지가 안 들어가."

"……."

"뭐라도 좀 말해봐."

"어…… 우리 다른 곳으로 사냥이나 하러 갈까?"

"그냥 차라리 비웃어라."

저렇게 나오니 더 속이 쓰라렸다. 그렇게 목숨 걸고 강화해서 나온 게 싸울 때는 쓸모없는 물건이라니…….

"어쨌든 이 멍청이들 때문에 일이 늦어졌는데, 빨리 요새로 돌아가자고. 병사들 불러올 거야."

"응?"

"네?"

상윤의 말에 둘은 고개를 갸웃거렸다.

"병사들이요?"

"요새 병사들?"

요새 병사들을 불러서 오크 부족들과 싸우는 데 도움을 받는다.

좋은 방법이었다.

물론 가능하면 말이다.

이미 태현과 지수는 요새 병사들의 도움을 받으려고 했었다. 그리고 거절당했고.

"자네라면 분명 혼자서 해낼 수 있을 거야!"

과도한 친밀도로 인한 부작용.

그건 NPC의 무한한 믿음이었다.

원래 이 정도의 퀘스트는 플레이어 혼자 시키지 않았다.

왕국의 병사들이 같이 가고, 플레이어들은 거기 껴서 같이 싸우는 게 보통이었다.

그렇지 않다면 정말 엄청난 난이도의 퀘스트일 테니, 이런 요새에서 덜컥 나오진 않았다.

그렇지만 태현의 높은 행운 때문에 덜컥 희귀 퀘스트가 나온 것이다.

원래 낮은 확률로 조건 몇 개를 맞춰야 나오는 퀘스트!

덕분에 태현과 지수는 병사들의 도움을 받을 수 없었다. 같이 가달라고 말을 해도 '자네들을 믿네!', '자네들을 믿네!' 이 소리만 돌아올 뿐이었다.

"병사들 못 부르잖아요?"

지수가 고개를 갸웃거렸다.

"오크 부족 처리할 때는 못 부르지. 하지만 다른 이유라면?"

"……?"

"내가 잘츠 왕국에서 키우면서 느낀 건데, 여기 놈들은 정말 모두 다…… 속이 좁아."

자기 나라는 최고! 나머지 나라는 모두 약골!

물론 대륙의 모든 나라가 그런 느낌이기는 했다. 자기 나라를 다 최고로 놓았다.

그렇지만 잘츠 왕국은 좀 심했다. 타이럼 사냥꾼들 같은 경우는 초반에 초보자들이 타이럼을 떠났다가 다시 돌아오면 친밀도가 미친 듯이 떨어졌다.

오죽하면 구성욱이 친밀도를 올리기 위해 태현에게 빌었겠는가.

거의 운영진들이 악의적으로 만든 수준의 폐쇄주의!

여기 요새도 마찬가지였다. 타이럼 사냥꾼들이 아닌 병사들과 지휘관들이 지키고 있었지만, 최하영과 최하준한테 말하는 걸 봤을 때 절대 친절하지는 않았다.

"오크 부족 처리하는 걸 도와달라고 말하지는 않을 거야. 그저 다른 나라 놈이 우리가 오크 부족을 토벌하려는데 방해하려고 했다고 말하려고."

"……!!"

이이제이!

오랑캐로 오랑캐를 무찌른다.

한 세력을 이용해서 다른 세력을 공격하는 방법!

최상윤은 태현이 무슨 소리를 하는지 알아차리고 헛웃음을 터뜨렸다.

"너, 그러니까, 설마……."

"그래. 그 설마다."

레드존 길드가 오크 부족을 공격해서 다 털 때까지 기다린다.

그다음 병사들에게 고자질을 해서 레드존 길드를 공격한다.

오크 부족은 박살이 나 있을 테니 셋으로 충분히 공략할 수 있을 것이다.

레드존 길드는 병사들이 막아줄 것이고.

그게 태현의 계획이었다.

"레드존 길드면 충분히 오크 부족 정도는 쓰러뜨릴 수 있겠지?"

"그 정도는 되지. 길드인데."

무슨 대규모 오크 침략이 일어난 것도 아니라, 요새 주변에 오크 부족이 몰려온 수준이었다.

그 정도라면 레드존 길드로도 깰 수 있었다.

원래라면 최상윤으로 암살을 할 생각이었지만…….

"좋아. 좋아. 그러면 좀 기다리자고. 놈들이 알아서 오크 부족을 털어주겠지."

"야. 근데 병사들 몰고 갔는데 레드존 애들이 덤비면?"

"미쳤어? 아무리 여기가 요새여도 잘츠 왕국 병사들인데? 레드존 길드가 그렇게 생각이 없겠어?"

왕국 병사들을 공격하는 사람은 정말 드물었다.

병사들의 레벨도 만만치 않았지만, 병사들을 공격하는 순간 그 병사들이 소속된 왕국과는 적대 관계가 되는 것이다.

성 하나를 다스리는 성주도 플레이어 입장에서는 까마득하게 높은 신분인데, 왕국 하나와 적대하게 된다면…….

아무리 길드라도 정말 플레이하기 힘들어졌다.

그 왕국으로 들어갈 수도 없고, 왕국에서는 추적자들을 보내고, 친밀한 다른 왕국에도 항의를 하고…….

한마디로 가능한 온갖 방해가 들어왔다.

"그렇긴 하지. 근데 원래…… 생각 없는 놈들은 맨날 나오게 마련이잖아. 그리고 얘네는 이미 막 나가고 있고. 그런 놈들한테 병사들 데리고 가서 하던 짓 멈추고 꺼지라고 하면 말을 들을까?"

최상윤의 말은 설득력이 있었다. 태현은 고개를 끄덕이며 동의했다.

"그것도 그러네. 지금 막 나가고 있기는 하니까."

"그렇지? 어떻게 할 거야?"

"뭘 어떻게 해? 병사들한테 덤비면 덤비는 거지. 우리는 오크 부족장 머리만 따고 빠져나가는 거고."

"……이런 쓰레기 같은 자식!"

친구지만 일 초도 고민 안 하고 바로 나오는 대답에 최상윤은 감탄했다.

한마디로 문제가 생기면 요새 병사들을 방패로 쓴 다음 빠져나가겠다는 거 아닌가.

"야. 요새 병사들이 호구도 아니고. 알아서 잘할 거야. 레드 존 길드 하나 정도야 상대할 수 있겠지."

말을 마친 후, 태현은 지휘관에게 말을 걸기 위해 걸어갔다. 최상윤은 지수를 쳐다보며 물었다.

"쟤가 좀 사악하지?"

"네? 아니요. 멋있지 않나요?"

"……"

콩깍지가 껴도 제대로 꼈다. 최상윤은 고개를 저었다.

"돌격! 돌격!"

"목책을 부숴 버려라!"

태현이 사악한 음모를 꾸미고 있는 동안, 다른 한쪽에서는 치열한 전투가 벌어지고 있었다.

요새 주변으로 온 오크 부족과 레드존 길드의 싸움이었다.

"화살 날아온다! 방패 들어!"

"여기는 전사 없어! 방어막 쳐줘! 방어막!"

-푸른 마력의 방패!

-마나 보호막!

카카카캉!

푸른색 마력으로 된 막이 앞에 생겨나자, 빠르게 날아오던 화살들이 부딪쳐 떨어졌다.

"췍! 취익! 인간들, 마법사 있다! 주술사 불러와라!"

"취익! 마법사부터 쳐라!"

여기 온 지 얼마 안 됐지만, 오크 부족은 나름 요새를 만든 상태였다.

나무로 된 목책을 주변에 빙 둘러쌓고, 그 안으로는 작은 탑들까지 세운 상태.

거기 안에는 오크 궁수들과 오크 전사들이 우글거렸다.

게다가 더 안으로 가면 오크 부족장과 그의 직속 부하들이 보였다.

덩치부터 시작해서 입고 있는 장비까지 눈에 띄었다.

한눈에 봐도 강함이 느껴지는 겉모습!

그러나 레드존 길드는 아랑곳하지 않았다. 그들도 작정을 하고 여기로 온 것이었다.

"불러온 용병들은 모두 오른쪽으로 보내! 우리는 왼쪽을 친다! 계속 두들겨!"

레드존 길드의 길드장, 케인은 자신만만하게 앞을 쳐다보았다.

오크 부족이 나름 강했지만, 충분히 이길 자신이 있었다.

그리고…….

'위로 올라간다!'

판타지 온라인에서의 강함은 단순히 플레이어 개인의 강함으로 결정되지 않았다.

플레이어가 갖고 있는 세력도 강함에 들어갔다.

케인은 판타지 온라인 1에서의 김태현을 떠올렸다.

김태현은 정말 강한 놈이었지만, 결국 혼자 놀았기에 아무것도 이루지 못했다.

케인이 생각하기에, 김태현의 패인은 혼자 플레이한 것이었다.

만약 그가 길드를 세우고 세력을 만들었다면 정말 대단했을 것이다.

'이세연 따위야 쉽게 넘겼겠지!'

케인은 고개를 흔들었다. 지금은 접은 플레이어 생각을 할 때가 아니었다.

지금 다른 랭커들은 눈치를 보면서 왕국 안에서 퀘스트를 깨고 있었다.

왕한테 합법적으로 영주 자리를 받기 위해서였다.

성이나 도시의 영주 자리만 얻으면 일단 그 순간부터 막대한 권한이 주어졌으니까.

세금, 병사, 시설, 특별 퀘스트…… 다른 랭커들보다 몇 배는 앞서갈 수 있었다.

그러나 케인은 그런 식으로 할 생각이 없었다.

"왜 왕국한테 굽신거려서 영주 자리를 받아내냐? 새로 만들어 내면 되지!"

에랑스 왕국이나 잘츠 왕국과 달리, 오스턴 왕국은 내전으로 인해 거의 붕괴된 상태였다.

요새에 가서 무력으로 점령을 해도 병사들이 달려오지 않았다.

케인은 그 점에 주목했다.

이 요새를 시작으로, 다른 요새도 더 점령하기 시작하는 것이다.

세력만 더 키우면 그가 오스턴 왕국을 잇는 것이나 다름없었다. 물론 거기까지는 엄청나게 먼 길이겠지만……

케인은 자신만만했다. 그는 언제나 과감한 플레이를 좋아했다.

그래서 이 주변의 플레이어들에게 세금을 물리고 돈을 모았다.

그 돈으로 용병들을 고용하고 무기를 사서 다른 요새를 점령한다.

또 거기서 돈을 모으고, 또 요새를 점령하고……

오크 부족을 공격하는 것도 계획 중 하나였다.

오크 부족은 언제든지 그들을 공격할 수 있었다. 영역을 늘리려면 미리 없애둬야 했다.

그리고 저런 부족을 털면 나오는 것들이 매우 짭짤했다. 장비부터 시작해서 꽤 돈이 될 것이다.

케인은 옆의 길드원을 보며 물었다.

"방송 제대로 나오고 있지?"

"네."

"좋아. 제대로 광고하자고. 시청률 올라가는 소리 들리지?"

케인은 뚜둑거리며 주먹을 풀었다.

지금 이 오크 부족 공략은 방송으로 나오고 있었다.

레드존 길드가 주변 플레이어들한테 세금을 물리는 걸로 욕을 먹고 있었지만, 방송은 별개였다.

인성과는 상관없이 재미가 있고 화제만 되면 사람들이 몰렸다.

레드존 길드를 욕하는 사람들도 그들이 오크 부족을 공략하는 건 궁금해했다.

케인은 발 빠르게 광고도 몇 개 달았다.

이 오크 부족 공략은 한동안 화제가 될 것이다.

박진감 넘치는 전투! 화려한 마법! 레벨 높은 플레이어들의 스킬! 그리고 마지막으로는 부족장 처리까지.

오크 부족들에게서 아이템도 뜯고, 방송으로 수입도 올리고……:

일거양득이었다.

콰쾅!

목책이 부서지자 길이 열렸다. 그사이로 방패를 든 전사 플레이어들이 뛰어들었다.

-방패 치기!

-대지의 일격!

콰지직! 콰직!

길에 있던 오크 전사들이 튕겨 나갔다. 중갑 전사들은 웃음을 터뜨렸다.

"크하하! 비켜라!"

탱크처럼 밀어붙이는 쾌감! 무거운 장비를 잔뜩 껴입는 중갑 전사들이 가장 좋아하는 순간이었다.

"취익, 막아라! 막아라!"

창을 찔렀지만 방패와 갑옷을 뚫지 못하고 튕겨 나갔다. 레드 존 길드원들이 달려들자 반격하며 오크들은 힘없이 밀려 나갔다.

플레이어들이 목책 사이를 지나 마을 안으로 들어간 순간!

푸확! 푸화악!

[실명 저주에 걸렸습니다!]
[이동 속도 감소 저주에 걸렸습니다!]

길드원들 위로 쏟아지는 저주들!

옆에서 대기하고 있던 오크 주술사들이 기습을 가한 것이다.

달려들던 전사들은 피하지도 못하고 저주를 그대로 맞아버렸다.

오크 주술사들이 생각보다 레벨이 높았는지, 저주를 튕길
수 없었다.

"이, 이런!"

"앞이 안 보여!"

"쉬익, 죽어라!"

"쉬익! 인간 놈들을 돌려보내지 마라!"

아까 튕겨 나가던 오크들과는 덩치부터가 다른, 좋은 장비
를 입은 오크 정예 전사들이 눈을 부라리며 달려들었다.

함정이었다.

약한 척을 해서 끌어들인 다음 공격!

오크 부족이라고 만만하게 봤다가 당하게 생겼다. 전사들
은 기겁해서 방패 뒤로 몸을 숨겼다.

캉! 카캉!

"이…… 이런……!"

몸이 느려진 데다가 앞도 제대로 보이지 않아 붉은 오러가
넘실대는 오크들의 공격을 막기가 쉽지 않았다.

순식간에 몇 대씩 맞고 피가 깎이기 시작했다.

그걸 본 케인은 혀를 차며 명령했다.

"마법사들! 공격해라! 길을 만들어! 사제들은 축복을 걸어!"

내버려 뒀다가는 들어간 길드원들이 죽어나갈 게 분명했다.

돈 주고 고용한 용병들이야 죽어도 됐지만 길드원은 아니었다.

판타지 온라인의 사망 페널티는 꽤 큰 편이었으니까.

'생각보다 꽤 하는군. 머리도 좀 쓰고.'

케인은 그렇게 생각하며 언덕 위에서 오크 마을을 둘러보았다.

목책 뒤에서 숨어 있다 나온 것도 나온 것이었지만 오크 정예 전사들은 꽤 레벨이 높아 보였다.

함정도 팔 줄 알고 레벨도 높은 오크들. 예상했던 것보다 강했다.

"좋아. 내가 나서야겠군."

대검을 들고, 케인은 씩 웃었다.

슬슬 방송이 관심을 받을 대로 받았을 테니, 이제 제대로 인상을 남길 시간이었다.

그도 나름 랭커에 들어가는 플레이어.

여기 오크들이 강해봤자 그를 막을 수는 없을 것이다.

게다가 뒤에는 길드의 사제들과 마법사들, 전사들까지 있었다.

거의 차려놓은 밥상!

"크아아아아아!"

-사자의 외침!

그 소리를 들은 오크들이 귀를 막으며 자세를 숙였다.

사자의 외침. 케인의 범위 스킬 중 하나였다.

듣는 순간 일시적인 마비를 주는 스킬. 마법사나 궁수를 상대할 때 좋은 스킬이었다.

"자! 나를 따라와라!"

케인은 멋있게 자세를 잡으며 앞으로 뛰어들었다. 길드장이 오자 길드원들은 환호하며 케인 옆에 붙었다.

부웅-

묵직한 소리와 함께, 반쯤 부서진 목책이 대검에 갈려 나갔다.

CHAPTER 4

과연 길드장은 길드장이었다.

케인은 물살을 가르듯이 빠르게 오크들을 썰어버렸다.

물론 사제들의 축복 같은 온갖 버프를 받고, 마법사들의 공격과 다른 지원을 받았지만, 눈에 띄는 건 사실이었다.

그리고 그걸 멀리서 태현이 지켜보고 있었다.

"이야. 잘 싸우네."

"지금 한가롭게 감탄할 때냐? 이따가 우리랑 붙을 수도 있다고."

"뭐야. 이길 자신 없어?"

"저놈 하나만이면 모를까, 저기 길드원들하고 고용한 용병들까지 어떻게 처리해!"

"걱정 마. 우리도 빽 있으니까. 그나저나 오크들이 생각보다 세잖아? 정면으로 돌격하지 않길 잘했군."

태현은 스스로의 한계를 아주 잘 알고 있었다.

엄청난 행운 스탯 때문에 대부분의 보통 공격은 회피할 수 있었다. 그러나 여기에도 약점은 있었다.

계속해서 공격을 받거나.

아니면 명중률이 높은 직업을 상대하거나.

그도 아니면 마법사들의 저주를 받거나.

회피 불가 스킬을 맞는다거나…….

판타지 온라인에서 완전한 캐릭터는 없었다. 어떤 캐릭터도 약점은 있었다.

그래서 태현이 판타지 온라인 1에서 대장장이로 다른 랭커들을 쓰러뜨릴 수 있었던 것 아닌가.

행운만 믿고 혼자 덤비는 멍청한 짓은 할 생각이 없었다.

만약 그랬었다가는…….

'오크들한테 농락당했겠군.'

전사들이야 어찌어찌 한다고 쳐도 주술사들이 있는 걸 보니 다 피할 수는 없었다.

분명 뚫는 도중 멈춰서 죽었을 것이다.

"어, 뚫었어요!"

"그래. 나도 보고 있어."

케인은 길드원들을 데리고 두 번째 목책마저 뚫어버렸다.

그 주변에 있던 오크들은 황급히 뒤로 물러섰다.

케인은 대검을 위로 들어 올리며 외쳤다.

"내가! 여기에! 왔다! 나를 따르라!"

방송으로 보면 폼이 났지만, 태현과 최상윤은 냉정하게 중얼거렸다.

"폼 더럽게 잡네. 각도 의식하는 거 봐라."

"오크 궁수들 뭐하냐? 저때 목에 한 발 쏴줘야지."

"……."

둘의 말이야 어쨌든, 상황은 레드존 길드에게 유리하게 흘러가고 있었다.

오크 마을을 보호하고 있던 목책들이 한 겹씩 부서졌고, 길드원들은 길드장 케인을 중심으로 뭉쳐서 돌파를 시도하고 있었다.

"우오오오오!"

길드원들과 용병들이 마을 안으로 들어오자, 오크 정예 전사들이 어깨를 맞대고 진형을 맞췄다. 그 뒤로 오크 궁수들이, 그 뒤로는 오크 주술사들이 버티고 섰다.

보통 기세가 아니었다. 각자 보이는 오크들을 공격하던 길드원들도 그 모습에 움찔했다.

"마법사들! 마법!"

"아직 준비 중입니다!"

"이런, 젠장…… 궁수들이라도 쏴!"

케인의 말에 궁수들이 화살을 쐈다. 스킬을 썼기에 화살 공격은 제법 화려했다.

푸른색 오러가 실려 있거나 불타고 있거나…….

그러나 오크 정예 전사들은 괜히 오크 정예 전사가 아니었다.

콰콰쾅! 콰쾅!

그들도 스킬을 썼다. 오러가 실린 도끼가 화살을 튕겨내고 부쉈다.

그걸 본 태현이 중얼거렸다.

"지금 저런 놈들을 알아서 잡으라고 한 거야? 이런 쓰레기 같은 놈들을 봤나……."

태현도, 밑에 있는 케인도, 레드존 길드원들도…… 여기 있는 모두가 오해하고 있었다.

이 오크 부족 퀘스트의 난이도를.

어쩔 수 없었다. 거대한 규모의, 대륙 퀘스트가 시작되기 전의 퀘스트인 줄 그 누가 알았겠는가.

그건 아무도 알 수가 없었다.

그런 것도 모르고, 케인은 신이 나서 외쳤다.

"이 더러운 오크 놈들을 모두 쓸어버려라!"

"취익, 그렇게는 안 될 거다, 인간!"

오크 정예 전사들과 길드원들이 격돌했다. 기세 좋게 달려들었던 길드원들은 생각보다 오크 정예 전사들이 강하자 놀랐다.

캉! 캉! 캉!

"이, 오크 자식이……?"

"취익, 죽어라, 인간!"

-삼단 베기!

길드원은 오크 정예 전사의 힘이 만만치 않자 바로 스킬을 써서 들어갔다.

세 곳을 동시에 베는 스킬로, 그의 무기 옵션까지 합치면 상대는 일단 한 군데는 베이고 시작하게 됐다.

푸슛!

[스킬이 성공했습니다! 상대방이 상태 이상 '출혈'에 걸립니다!]

[스킬 경험치가 오릅니다.]

"하하, 어뗘…… 어?"

다리와 배를 깊게 베인 오크를 비웃으려던 길드원은 당황해서 앞을 쳐다보았다.

오크가 도끼를 들고, 전력으로 그의 어깨를 내려찍었다.

콰직!

처음부터 피할 생각이 없었던 것이다. 베이고 찔려도 상대방을 공격하는, 그야말로 오크 정신!

[치명타를 입었습니다!]
[강한 충격에 의해 상태 이상 '충격'에 걸립니다!]

"이, 이런 말도 안 되는……"
앞에 있던 오크는 쓰러졌지만 뒤에 있던 오크가 포효하며
덤볐다.

[사망하셨습니다.]

"뭐야!?"
케인은 대검을 휘둘러서 오크 정예 전사를 해치운 다음 주
변을 둘러보았다.
오크들이 생각보다 강했다.
그리고 길드원들이 밀리고 있었다.
지금 여기 있는 길드원들은 레벨 50에서 60대. 이런 조그만
오크 부족한테 밀릴 수준이 아니었다.
'레벨 30~40이면 무난하게 깨는 퀘스트 아니었나!?'
이 주변에 온 플레이어들의 수준이 딱 그 정도였다.
그래서 케인도 오크 부족들을 그렇게 판단했다. 그 판단은

실제로 맞아떨어졌다.

마을 안으로 들어가 부족장 옆에 있던 오크 정예 전사들을 마주치기 전까지는.

싸우는 걸 보니 길드원들과 거의 비슷한 수준!

"이, 이런…… 무슨……."

그러는 사이 길드원 한 명이 더 쓰러져서 회색으로 변했다.

오크 정예 전사들의 기세는 살벌했다.

그야말로 목숨 따위는 버리고 덤벼드는, 짐승 같은 기세!

몇 군데 찔리는 건 상관하지도 않고 어떻게든 한 대씩 후려치려고 했다.

그리고 그 한 대를 맞으면 탱커로 키운 전사도 위험했다. 그 즉시 다른 오크 전사들이 달려들었으니까.

"후퇴! 후퇴!"

마을의 목책을 전부 부수고, 이제 부족장이 있는 곳만 점령하면 됐다.

그렇지만 케인은 후퇴를 명령했다.

본능이 위험하다고 느낀 것이다.

지금 저렇게 덤비는 오크들을 뚫는 건 위험하다!

길드원들은 당황했지만 일단 길드장의 명령대로 후퇴했다.

"저기서 후퇴를 하다니. 생각보다 대단한데?"

"뭐, 그러니까 길드장 하고 있겠지."

보통 사람이라면 아쉬워서 끝까지 싸웠을 것이다. 그리고 엄청난 피해를 봤겠지.

태현은 턱을 긁적이며 생각에 잠겼다.

저 오크들은 정말 이상했다. 그리고 그럴수록, 저놈들을 전부 처치하고 돌아오라는 퀘스트를 준 잘츠 왕국이 얄밉게 느껴졌다.

'이 인간들 진짜……'

마음 같아서는 당장 돌아가서 멱살을 잡고 싶은 수준!

셋이 엎드려서 떠드는 사이, 레드존 길드는 다시 전열을 수습하고 있었다.

"걱정하지 마라! 놈들은 어차피 한 줌밖에 남지 않았다! 목책은 다 부서졌고, 남은 건 저기 숨어 있는 놈들뿐이다!"

물론 그렇게 말했지만, 케인은 길드원들을 데리고 직접 붙을 생각이 없었다.

부족장은 아직 나오지도 않은 상황.

그런데 오크 정예 전사가 저렇게 강하다면, 부족장에 대한 생각도 고쳐야 했다.

'생각보다 더 강할 수도 있겠는데.'

그럴 경우 위험했다.

지금은 생방송 중. 이미 한 번 물러선 것도 살짝 체면이 구겨졌다.

그런데 부족장한테 밀리거나, 힘들게 잡기라도 한다면…….

"준비는 다 됐나?"

"예!"

"좋아. 용병들을 앞으로 보내!"

비싼 돈 주고 고용한 용병 NPC들이 우르르 몰려 나왔다.

"마법을 때려 박아라!"

저기 남은 오크 주술사보다는 여기 모인 마법사들이 더 강할 것이다.

계속 공격을 퍼부으면 오크들도 견디다 못해 뛰쳐나올 테니, 용병들을 앞에 세워서 막은 다음 계속 칠 생각이었다.

콰르릉! 콰쾅!

화염구가 터져 나가고, 번개가 위에서 내리쳤다. 이에 오크 주술사들이 방어와 반격에 나섰지만 숫자에서부터 밀렸다.

"취익, 괴롭다! 괴로워!"

"취익! 인간 마법사를 죽여라!"

"나온다! 공격 준비!"

오크 정예 전사들이 눈을 붉히며 돌격해 왔다. 궁수들은 정확하게 그들을 조준했다.

퍼퍼퍽!

화살 몇 대로 오크 정예 전사들은 쓰러지지 않았다. 용병들은 맞서서 함성을 지르며 달려들었다.

서로 칼을 겨누고, 동시에 부딪히기 직전…….

그 위로 마법이 쏟아졌다.

콰쾅! 콰콰쾅!

"……!?"

"뭐하는 거야!?"

[용병단 '켈타즈'의 친밀도가 급격하게 하락합니다!]
[용병단 '세 마리 말'의 친밀도가 급격하게 하락합니다!]
[아군을 공격했습니다!]
[명성이 하락합니다!]
[악명이 오릅니다!]
[용병들에게 공격받을 수 있습니다!]

어지럽게 뜨는 상태창들.

그러나 케인은 신경 쓰지 않았다.

어차피 왕국 병사도 아닌 용병들이었다. 원한을 가져봤자 별것 아니었다.

용병들을 미끼로 오크들을 불러낸 다음, 그 위로 마법을 쏟아붓는다.

그가 생각했지만 정말 좋은 방법이었다.

용병들에게 많은 돈을 쓰기는 했지만 어차피 돈은 또 들어올 것이다.

게다가 용병단이 해체되면 남은 돈은 내지 않아도 됐다.

"이 개자식! 네가 그러고도 무사할 것 같냐!"

"당장 멈춰!"

용병들은 욕설을 퍼부었지만 뒤로 도망치지 못했다.

앞에 오크 정예 전사들이 눈을 부라리며 덤비고 있었기 때문이었다.

마법은 위에서 쏟아지고, 오크는 앞에서 덤비고…… 지옥이나 마찬가지였다.

"부족장 나옵니다!"

"그래? 준비했지?"

고개를 끄덕인 건 세 명의 마법사였다. 이들은 저주 계열 마법을 전문으로 판 마법사였다.

지금까지 힘을 쓰지 않고 기다리게 한 건 오크 부족장을 상대하게 하기 위해서였다.

쿵, 쿵-

오크 부족장이 거대한 도끼를 각각 양손에 들고 울부짖었다.

[오크 부족장, '카자크'가 전투 고함을 지릅니다!]

[상태 이상 '마비'에 빠집니다!]

[오크들의 사기가 오릅니다!]

[오크들의 체력이 소량 회복합니다!]

"지금이다! 걸어!"

-어둠의 고리!

-뼈 약화의 저주!

-마나 저주! 정신 고문!

연달아서 작렬하는 저주들. 오크 주술사들은 다른 마법사들을 상대하느라 정신이 없어서 막지 못했다.

부족장 카자크는 맨몸으로 견뎌냈다.

그러나 피부는 검푸르게 물들었다. 저주에 걸린 것이다.

"됐습니다!"

"좋아. 저놈은 내 거다!"

케인은 의기양양하게 검을 들고 달려 나가려고 했다.

그러나 뒤에서 목소리가 들렸다.

"정지!"

"⋯⋯??"

사나운 눈길로 노려보고 있는 병사들이 있었다. 잘 무장한 걸 보니 어디 다른 왕국의 병사가 분명했다.

"뭐야?"

"저놈입니다, 저놈! 백부장님! 저놈이 저를 괴롭혔습니다!"

"……?"

백부장이 걸어 나오더니 케인을 노려보았다.

"네가 감히 우리 왕국의 타이럼 사냥꾼에게서 돈을 강탈했냐?"

"뭐? 잠깐……."

케인은 이 상황이 어떤 상황인지 알아내기 위해 눈알을 굴렸다.

그러나 바로 파악이 되지 않았다.

"흑흑, 그뿐만이 아닙니다! 제 아이템을 모조리 뺏어가서 팔아버리고, 제가 앞으로 번 돈은 전부 바치라는 계약서를 쓰게 하고, 잘츠 왕국은 야만인들이나 가는 곳이라고 모욕하고, 타이럼 사냥꾼들은 활도 제대로 못 쓰는 얼간이들이라고 했습니다."

"저, 저 쳐 죽일 놈! 당장 요새로 따라와라!"

<아덴 요새의 병사들>

아덴 요새 주변에서 사람들의 돈을 갈취한 당신의 악명은 높아졌다.

그 악명을 들은 요새의 지휘관은 당신을 체포하라고 명령을 내렸다.

　체포당하고 싶지 않다면 그를 설득해라.

　보상: ?

　"이게 뭔 개소리야!? 지금 저 오크들 안 보여? 방해하지 마!"

　"무기를 내려라. 그렇지 않으면 공격하겠다!"

　길드원들도 당황해서 케인을 쳐다보았다.

　지금 결정을 내려야 하는 건 그였다.

　과연 어떻게 해야 하는가?

　무시하고 이 병사들과 싸워야 하나?

　케인은 뒤를 돌아보았다. 오크 부족장과 남은 오크들이 날 뛰고 있었다.

　게다가 데려온 용병들도 박살 난 상황.

　그에 비해 눈앞의 병사들은 매우 멀쩡한 상태였다.

　"$&(*!($*@#(!!"

　어쩔 수가 없었다.

　"알겠다! 내 발로 따라간다!"

　케인은 병사들 옆에 서 있는 태현을 쳐다보았다.

　태현이 방금 한 말을 듣고 알 수 있었다.

　저놈이 했구나!

　"너…… 미쳤냐?"

케인은 살벌한 목소리로 협박했다. 게임에서 그가 이럴 때 겁먹지 않는 사람은 없었다.

물론 태현은 아니었다.

"아니, 백부장님! 저놈 좀 보세요! 절 죽인다고 합니다!"

"저, 저, 저 찢어 죽일 놈!"

마치 자기 가족이 협박받은 것처럼 분노하는 백부장!

태현이 하는 짓에 케인은 뒷목이 뻐근해졌다. 태현은 싱글 벙글 웃으며 그를 쳐다보았다.

그들이 오크들과 싸우는 동안, 태현은 요새 지휘관을 설득했다.

"지휘관님! 제 말 좀 들어주십시오! 저 밖의 다른 나라 놈이 저를 협박하고 모욕하고…… 하여튼 사악한 짓이란 짓은 다 했습니다!"

친밀도 덕분에 이상한 퀘스트를 받게 됐지만, 친밀도 덕분에 설득도 쉬웠다.

태현의 거짓말을 그대로 믿은 지휘관은 단단히 화가 나서 명령을 내렸다.

"그 건방진 놈을 잡아 와라!"

그리고 지금.

병사들은 살벌하게 케인과 길드원들을 노려보고 있었다. 뒤에서 오크들과 부족장이 점점 용병들을 처리하고 있었지만 신경 쓰지 않았다. 길드원들은 속이 타서 죽을 것 같았다.

"저기, 저 오크들 잡아야 합니다! 처리하면 올라올 겁니다!"

"너희들부터 잡고 처리할 거다! 수작 부리지 말고 따라와라!"

케인은 이를 갈며 방송을 켰다. 리플은 지금 축제 상황이었다.

-억ㅋㅋㅋㅋㅋㅋㅋㅋㅋㅋㅋㅋㅋ

-체포된 거야? 체포된 거야?

-체포됐억ㅋㅋㅋㅋㅋㅋㅋㅋㅋㅋ

-정의구현이다!

-지가 뭐라도 된 줄 알고 세금 뜯던데, 아주 쌤통이다!

케인은 한 짓만큼 악명을 쌓은 상황이었다. 당연히 그를 싫어하는 사람들은 와서 기뻐 날뛰고 있었다.

태현은 아래를 내려다보았다. 얼마 남지 않은 오크 정예 전사들이 용병들을 밀고 올라오려고 하고 있었다.

"좋아. 가자."

"오케이."

이심전심.

최상윤은 태현과 눈빛만 봐도 뜻이 통했다. 방송을 보던 시청자들은 최상윤을 알아보고 리플을 달았다.

-어? 저거 사유잖아?

-사유가 왜 저기 있어?

-저 옆에 있는 남자 새끼는 누구야!?

-죽여! 저 자식 얼굴 좀 따봐!

-어디서 저런 얼굴로 우리 여신님 옆을!

열렬한 반응!

최상윤의 팬은 최상윤과 친해 보이는 태현에게 광분했다.

"핫!"

먼저 뛰어든 건 최상윤이었다. 그는 발 빠르게 움직이며 오크 정예 전사들의 목을 벴다.

푹! 푸푹!

"취익, 이 인간이 감히!"

"크으악!"

오크 정예 전사들이 반격하려고 하면 남은 용병들을 방패로 삼았다.

춤추는 것처럼 빠른 몸놀림에 오크 정예 전사들은 최상윤에게 제대로 데미지를 주지 못했다.

말 그대로 학살!

그러는 동안 태현은 조심스럽게 오크 부족장, 카자크에게 접근했다. 카자크는 최상윤에게 덤벼들려다가 태현이 다가오자 시선을 돌렸다.

"취익, 네놈에게서는 신성이 느껴지는군."

신성, 신성력과 비슷하지만 다른 뜻이었다.

신성력은 신과 관련된 직업이 가지는 스탯. 사제나 성기사나…… 하여튼 신과 관련된 사람이면 쉽게 생기는 스탯이었다.

그리고 태현의 스탯은 신성력이 아니라 신성이었다.

직업이 사제나 성기사가 아닌, 화신이었으니까.

태현은 살짝 당황했다.

'보통 이런 곳에 있는 저렙 보스가 저런 대사를 하나?'

저렇게 '나는 다 알고 있다!'라고 말하는 건 레벨이 높거나, 좀 중요한 위치에 있는 보스 몬스터가 하는 일이었다.

이렇게 요새 주변이나 털러온 오크 부족장이 할 만한 소리가 아니었다.

"취익. 대답하지 않는 걸 보니 맞나 보군."

"어떻게 안 거지?"

"쥐익. 신성을 가진 인간. 나를 무시하지 마라. 나는 가장 밝은 눈과 가장 좋은 귀를 가지고 있는 오크다. 어떤 인간도 나를 속일 수는 없다."

'얘 진짜 저렙 보스 맞아?'

태현은 슬슬 불안해지기 시작했다.

확실히 여기 있는 오크들이 너무 잘 싸우기는 했다.

최상윤에게 들어보니 레드존 길드원들은 50에서 60. 바깥 오크들이야 그냥 밀렸지만 부족장 주변의 전사들은 거의 비슷했다.

그렇다면 레벨도 비슷하거나 그 위라는 뜻.

'아, 진짜…… 뭔가 느낌이 이상한데.'

태현은 속으로 혀를 찼다. 이길 수 없다는 절망감 때문이 아니었다. 무언가 그가 눈치채지 못하고 있는 게 있는 것 같았다.

본능이 신호를 보내고 있었다.

오크들의 마을에 오기 전에, 둘은 전력을 확인했다.

실제로 최상윤은 궁금했다. 태현이 전설 직업을 얻었다는 건 알았지만 그다음은 별로 말을 해주지 않았던 것이다.

과연 얼마나 좋은 직업일까!

현재 공개적으로 나온 전설 직업은 이세연이 얻은 '네크로노미콘의 후계자'와 스미스가 도전하고 있는 전설 직업 정도였다.

당연히 전부 공개는 안 되었지만 공개된 것만으로도 어마어마했다.

각종 스탯 보너스에 뛰어난 전용 스킬에, 명성부터 시작해서 NPC들의 반응까지…….

이세연은 지금 몇몇 네크로맨서 세력을 부리고 있다는 소문까지 있었다.

판타지 온라인 플레이어라면 모두 엄청나게 관심을 가질 수밖에 없는 게 바로 전설 직업이었다.

직업들의 가장 꼭대기에 있는 직업!

"그런데 너, 전설 직업이면 좋은 스킬 좀 얻었지? 뭐 있나 말해봐."

"……."

"아니야?"

태현의 표정을 본 최상윤은 당황했다.

'전설 직업인데 좋은 스킬이 안 나올 수도 있나?'

"직업 전용 스킬이 나오기는 했는데…… 다 뭔가 미묘해…….'"

"그, 그래도 다른 직업보다는 좋겠지! 그리고 레벨 업 하고, 직업 퀘스트 깨면 더 나오지 않겠어?"

태현이 저렇게 약한 모습을 보이는 건 드물었다. 최상윤은 당황해서 태현을 위로했다.

"스탯! 그래. 스탯 보너스 있잖아."

"아. 그렇지. 스탯은 많이 받았다."

행운을 제외하더라도 태현의 스탯은 매우 높았다.

서버에서 처음 받는 칭호로 얻은 스탯이나, 전설 직업으로 얻은 스탯들.

"행운 제외하고 나머지 스탯은 전부 120대 정도인데……."

"진짜? 뭐야. 좋잖아? 그 정도 스탯이면 레벨 50대 정도는 되겠다. 레벨 낮아도 전설 직업은 전설 직업인가 봐?"

"이 스탯이 레벨 50 정도라고?"

"대충? 보통 레벨 업으로만 스탯 올리는 게 아니라 퀘스트 보상으로도 받긴 하니까? 근데 너 좀 특이하긴 하다. 보통 주력으로 올리는 스탯이 있고, 나머지는 적게 올리잖아."

최상윤은 태현의 행운이 얼마 정도인지 모르고 있었다.

2천을 넘어가는 행운과 비교하면 120대 정도의 스탯은 보름달 앞의 반딧불 수준!

"보통 그렇지."

"응. 어쨌든 스탯 총합은 비슷비슷할 거야. 그렇다고 막 동렙 전사한테 힘 싸움하지는 말고. 너랑 스탯 총합은 비슷해도 너보다 힘은 많이 올렸을 거 아니야."

"내가 너냐? 그런 짓 하게?"

쾅!

태현은 날아가고 있었다.

오크 부족장, 카자크와의 힘 싸움에서 진 결과였다.

'아, 진짜······.'

"야! 힘 싸움하지 말라니까!"

"내가 원해서 한 거 아니거든, 이 자식아?"

태현은 재빨리 몸을 일으키며 투덜거렸다.

그걸 보며 카자크는 고개를 갸웃거렸다.

"취익. 묘한 기술을 쓰는군. 인간."

분명히 태현을 향해 도끼를 정통으로 내리찍었다. 바위라도 정통으로 부술 기세였다.

그런데 미끄러지듯이 빗나가 버렸다.

"너만 하겠어?"

태현은 레벨 높은 보스 몬스터와 힘 싸움할 생각이 전혀 없었다.

그러나 카자크가 손을 뻗자, 자동으로 태현의 몸이 카자크한테 끌려갔다.

도망치려고 해도 소용없었다. 자석에 끌리기라도 하는 것처럼 바로 당겨졌다.

놈의 전용 스킬이 분명했다.

'아, 상성 안 좋은데……'

태현은 상대의 움직임을 읽고 한 발짝 먼저 피하는, 천재스러운 재주가 있었지만 그것도 한계가 있었다.

광역기나 저런 사기적인 스킬이 나오면 방법이 없는 것이다.

다행히 행운이 있어서 일반 공격은 어지간해서 데미지가 없겠지만, 한 대라도 맞으면 태현은 목숨이 위험했다.

회피를 무시하고 공격을 넣을 방법은 판타지 온라인에 많고 많았다.

"취익, 어디 한 번 다시 피해봐라!"

카자크가 다시 손을 뻗었다. 태현은 혀를 찼다.

피하는 건 글렀고, 차라리…….

'역으로 친다!'

앞으로 뛰어들자 빨려 들어가는 속도가 훨씬 더 빨라졌다. 태현은 그 속도를 타고 검을 들었다.

-행운의 일격, 5중첩!

카카캉!

"……?"

정확하게 가슴팍을 찔렀지만, 검이 들어가지 않았다.

[상대의 방어구에 공격이 막힙니다!]
[상대가 데미지를 입지 않았습니다!]

카자크는 피하지도 않았다. 오히려 끌려 들어온 태현을 비웃었다.

"취익, 인간. 너 따위가 이 갑옷을 뚫을 수 있을 줄 알았나!"

"……!?"

태현은 놀랐다. 아무리 상대가 보스 몬스터에, 강하다고 하더라도 데미지 자체를 주지 못하다니.

카자크는 몸을 덮고 있던 동물 가죽을 벗어 던졌다. 그리고 입고 있는 갑옷을 가리켰다. 거의 전신을 완벽하게 가려주고 있는 갑옷이었다.

검은색으로 불길하게 빛을 뿜고 있는 갑옷은 딱 봐도 엄청나게…….

'좋은 아이템 같네. 젠장!'

저렇게 '나 엄청 좋은 아이템 입고 있다!'라고 자랑하기도 힘들 것 같았다.

어떤 아이템인지는 몰라도, 엄청나게 사기적인 옵션이 붙어 있는 게 분명했다.

태현의 공격을 아예 막아냈을 정도니까.

"취익, 죽어라, 인간!"

[회피에 성공했습니다.]

바로 빗겨 나가는 일반 공격!

"……!?"

"너만 사기를 치는 건 아니거든, 이 오크 놈아."

"취익, 인간! 이상한 기술 쓴다!"

태현은 고개를 저으며 카자크를 노려보았다. 그의 회피율이
엄청나게 높아서 데미지가 들어가지 않는다는 걸 알아차리지
못한 것 같았다.

그걸 알아차린다면 다른 방식으로 공격을 해올 것이다. 지
금처럼 계속 일반적인 공격을 하게 해야 했다.

"흥미진진하네."

최명성 팀장은 팝콘을 먹으며 상황을 관찰하고 있었다.

판타지 온라인에서는 하루에도 수십 가지 흥미로운 사건들
이 일어났다.

대륙이 넓고 플레이어 숫자가 어마어마했으니까.

그런 사건 중에서도 지금 일어나고 있는 일은 매우 흥미로운 일이었다.

김태현도 있고, 요즘 살짝 화제가 된 '레드존' 길드와 길드마스터도 있고…….

"역시 김태현이라니까. 병사들 끌고 온 거 봤지?"

"아. 네."

윤주환은 최명성을 보며 고개를 저었다. 저렇게 노골적으로 팬질을 해도 되나?

"그런데 김태현이 저 오크 이길 수 있나요?"

"갑옷이 사기긴 하지. 근데 약점 있잖아. 등에 빈 곳이 있으니까."

카자크가 입고 있는 갑옷은 정말 엄청나게 강력했지만, 등에 빈 곳이 있었다.

놈을 상대하려면 거기를 노려야 했다.

"김태현 정도면 눈치를 챌걸? 그보다 저 레드존 길드가 가만히 있을지가 궁금한데. 길마 성격이 절대 그런 성격이 아니거든."

"지금 뭐 할 수 있는 게 없잖아요? 완전히 잡혔는데."

"사람이 열이 받으면 무슨 짓을 할지 모르잖아. 일단 김태현이 저 카자크부터 처리하는 걸 보자고. 카자크가 죽으면 대륙 퀘스트 하나 시작되지?"

"네."

대륙 퀘스트. 대륙 규모로 진행되는 거대한 퀘스트였다.

용이 깨어나서 난동을 부린다거나, 강력한 리치가 나타나서 왕국을 공격한다든가……

플레이어들은 싫든 좋든 영향을 받을 수밖에 없었다.

"취익! 이 귀찮은 인간!"

카자크는 짜증을 내며 날아오는 화살을 쳐냈다. 멀리서 지수가 정교하게 노린 화살이었다.

갑옷 위면 상관이 없었지만 얼굴만 노리니 어쩔 수가 없었다.

그러는 동안 태현은 장비를 바꿨다.

"취익, 인간. 그건 뭐냐?"

"정말 마음이 아프지만…… 그래. 갑옷은 내가 포기할게."

"……?"

태현의 손에 들린 건, 활활 타오르고 있는 망치였다.

"이것들 왜 이렇게 끈질겨!?"

최상윤은 칼을 휘둘렀다. 빨리 해치우고 태현을 도우러 가고 싶었는데 오크들이 보통 끈질긴 게 아니었다.

레벨은 그보다 낮았지만 숫자가 많은 걸 무기로 조직적으로 덤볐다.

한 명이 쓰러지면 두 명이 붙고, 두 명이 쓰러지면 세 명이 붙고…….

조직적으로 달려드니 처리하는 데 시간이 걸렸다.

'에이. 알아서 잘하겠지!'

태현이 레벨이 낮은 게 신경이 쓰였지만, 태현을 믿었다.

솔직히 최상윤은 태현이 누군가에게 진다는 게 상상이 가질 않았다.

"취익. 그 망치…… 대단해 보이는군……."

"오냐."

일단 갑옷부터 부수고 생각하자!

저 갑옷이 정말 탐나고 아까운 물건 같기는 했지만…….

태현은 빠르게 포기를 했다.

이럴 때 다른 사람들이었다면 욕심 때문에 결단을 내리지 못했을 것이다.

저 갑옷만 팔아도 몇천에서 몇억은 갈 텐데…… 하고.

그러나 태현은 결단을 내렸다.

여기서 시간을 끌었다가는 어떤 일이 일어날지 몰랐다.

레드존 길드원들도 있고, 게다가 카자크도 만만한 상대가 아니었다.

일반 공격이 아닌, 태현의 약점을 노리는 공격을 해올 수도 있었다.

카자크가 어떤 스킬을 또 갖고 있는지는 태현이 알 수가 없었으니까.

'괜히 성가신 거라도 꺼내면 목숨이 위험하다.'

"취익, 그 망치, 내가 갖겠다!"

쾅!

'광역기!'

태현은 바로 움직였다. 카자크가 무기를 들고 땅을 내려찍자 땅이 갈라지며 암석이 위로 숫구쳤다.

[회피에 성공했습니다.]

[회피에 성공했습니다.]

[회피에 성공했습니다.]

"취익! 또! 저 인간이!"

카자크는 분통을 터뜨리며 태현을 노려보았다.

도대체 왜 때리는 공격이 다 빗나가는지 알 수가 없었다.

"취익! 그렇다면 빗나가지 않게 할 뿐!"

카자크가 대충 감을 잡고 있는 것 같았다. 태현은 빠르게 카자크에게 파고들었다.

쾅! 쾅! 쾅!

별다른 스킬이 아니라 일반 공격이라면 그냥도 피할 수 있었다.

한 번 피하고, 두 번째에 품으로 파고들고, 세 번째에는……

"취익, 내가 그대로 맞아줄 줄 알았나?"

카자크는 태현을 비웃으며 무기로 태현을 후려치려고 했다.

-행운의 일격. 행운의 일격, 행운의 일격, 우기기, 행운의 일격……

운이 좋았다.

빠른 순간에 7중첩까지!

태현은 피하지 않았다. 오히려 고대의 망치를 들고 카자크의 도끼를 후려쳤다.

"취익, 멍청한 인간!"

카자크는 오만하게 외쳤다.

이제까지 그와 힘으로 붙으려고 하는 적은 없었다.

어떤 오크도, 어떤 적도 그와 힘으로 승부해서 이긴 적이 없었다. 그의 힘은 그의 자랑이었다.

게다가 이 도끼는 보통 물건이 아니었다. 부족에서 가장 뛰어난 오크 대장장이 셋이 운석을 녹여서 만든 부족의 보물…….

콰지직!

[강한 충격으로 장비가 파괴되었습니다.]

"……!?"

태현도 놀랐지만 카자크와는 비교할 수도 없었다. 카자크는 큰 입을 벌리고 경악했다.

"취익, 내, 내 도끼가……!"

태현도 이렇게 카자크의 무기가 완전히 박살 날 줄은 몰랐다.

강화로 인해 워낙 강력해졌기에, 무기에 금 정도는 낼 수 있지 않을까 싶었던 것이다.

게다가 일반적인 방법으로는 파괴 불가 옵션까지 달렸으니까…….

거기에 강화는 안 들어갔지만.

[일족의 보물이 파괴된 것에 카자크가 충격 상태에 빠집니다.]

위기는 곧 기회. 태현은 바로 카자크의 가슴팍을 향해 전력으로 망치를 휘둘렀다.

마치 숙련된 대장장이가 망치를 들고 달궈진 검날을 정확하게 때리듯, 태현도 망치를 정확하게 카자크의 가슴팍을 향해 때려 넣었다.

카자크는 놀라서 피하려고 했지만 이미 늦었다.

쾅!!!!

[강한 충격으로 장비가 파괴되었습니다.]
[칭호: 장비 파괴자를 얻었습니다.]

서버에서 처음 얻은 건 아닌 것 같았다. 그러나 지금 중요한 건 그게 아니었다.

"취익, 말도 안 된다, 인간⋯⋯! 취익?"

카자크는 울부짖으며 자기 갑옷을 만졌지만 무언가 이상하다는 걸 깨달았다.

갑옷이 박살 났는데 그는 조금도 다치지 않은 것이다. 카자크의 상식으로는 말이 안 되는 일이었다.

"취익! 인간, 대체 너는⋯⋯?"

"그래. 그래! 계속 그렇게 혼란스러워하고 있어!"

태현은 바로 검을 뽑아 들어서 달려들 준비를 했다. 행운의 일격 버프 시간은 아직 남아 있었다.

"크아아아앗!"

그러나 그때, 방해가 끼어들었다.

레드존 길드 마스터, 케인은 성격이 급하고 욕심이 많았다.

그런 그가 요새의 병사들에게 붙잡혔을 때, 간신히 참은 건 정말 대단한 일이었다.

케인은 병사들에게 붙잡힌 후 얼마 지나지 않아 상황을 깨달았다.

저 건방진 세 명의 플레이어들이 먹튀를 하려는 것이다! 그들이 돈과 피로 다 뚫어놓은 오크 마을을!

남의 것은 많이 뺏어도, 케인은 자신이 뺏기는 것에는 익숙하지 않았다.

처음에는 참으려고 했지만 도저히 참을 수가 없었다.

게다가 저 칼을 휘두르는 늘씬한 미녀는 찾아보니 랭커였다. 사유라고 불리는 미녀 랭커.

저 정도 되는 랭커가 여기 와서 저 오크를 잡으려고 하는 건, 저 오크 부족장에게 뭔가가 있는 게 아닐까?

게다가 갑옷도 그렇고 무언가 여기 있는 오크들은 강력했다.

케인은 결국 결정했다.

"저 병사들을 막아라!"

"……!?"

일단 길드원들은 길마의 명령에 움직였다. 병사들을 가로막은 것이다.

그들이 시간을 번 사이, 케인은 무기를 들고 뛰어내렸다.

절대 저 건방진 놈에게 오크 부족장의 머리를 주지 않을 것이다.

달려가는 순간 태현이 갑옷을 박살 내는 것이 보였다.

"……??"

이해가 가지 않았다. 레벨이 그렇게 높아 보이지 않았는데…….

'설마 랭커인데 장비를 숨기는 건가?'

랭커 중에서 저러는 사람이 몇 명 있었다.

일부러 허름한 장비를 입고 다니는 것이다.

판타지 온라인에서는 상대의 스탯이나, 스킬을 볼 수 있는 방법이 거의 없었다.

상대에게서 알 수 있는 건 겉모습뿐이었다. 싸구려 장비를 입고 다니면 당연히 저렙으로밖에 보이지 않았다.

몇몇 랭커들은 이 점을 반대로 이용했다.

싸구려 장비들을 입고 다니면 아무도 주목하지 않았다. 저렙은 다들 별로 신경을 쓰지 않는 것이다.

그런 위장으로 퀘스트를 빠르게 깨는 것이다. 다른 길드나 랭커의 견제를 안 받아도 되니까.

그럴듯했다. 레벨 낮은 놈이 저 오크 부족장과 저렇게 싸울 수는 없었다.

"죽어라, 카자크!"

-피와 분노의 돌격!

케인은 랭커답게 강력한 공격 스킬을 선보였다. 전사인 그는 묵직한 검을 휘둘러 갑옷이 깨진 카자크를 후려쳤다.

[치명타가 터졌습니다!]
[강력한 공격을 성공시켰습니다!]
[카자크가 상태 이상 출혈에 빠집니다!]
[카자크가 상태 이상 기절에 빠집니다!]

자기 피를 깎고, 전력으로 돌격해서 몬스터에게 데미지를 주는 스킬.

제대로 맞으면 아무리 보스라도 견디기 힘든 공격이었다.

예상대로 카자크는 비틀거렸다. 갑옷이 사라지자 데미지를 바로 입었다.

"너, 이 쥐새끼 같은 놈. 앞으로 조심하는 게 좋을 거다. 오늘 방해한 건 내가 절대로 잊지 않을 테니까!"

그사이 케인은 태현을 노려보고 외쳤다.

그러나 그는 태현의 성격을 잘못 이해하고 있었다.

"오, 그래?"

"……!?"

[치명타가 터졌습니다!]

"컥!"

태현은 망설이지도 않고 바로 달려들어서 케인의 목을 찔러 버렸다.

전혀 예상치도 못한 공격이었기에 케인은 그대로 맞아버렸다.

그의 방어력과 체력이 있는데도 피가 쭉쭉 빠지는 걸 보니 어이가 없었다.

'무슨 놈의 공격력이!?'

"넌 오늘 조심해야 할 것 같은데? 난 너처럼 기다렸다가 복수하는 게 아니라 바로 복수하는 성격이거든."

"너, 너 저 오크 안 보이냐?"

설마 태현이 미치지 않고서야 이 상황에서 그에게 먼저 덤빌 거라고는 생각지 못했다.

앞에는 보스 몬스터가 있고, 주변에는 아직 남은 오크들이 있었고, 게다가 그는 레드존 길드마스터였다.

그런데 다짜고짜 찔러 버리다니.

"저 오크는 나중에 죽여도 되고. 일단 내 일에 끼어든 놈부터 먼저 죽여야지."

"미쳤냐? 네가 날 이길 수 있을 것 같냐?"

"이길 수 있을 것 같긴 해. 아. 그리고 뒤나 보라고."

"……!?"

케인은 당황해서 뒤를 돌아보았다. 그러고 보니 카자크가 있었다.

그러나 카자크는 아직도 비틀거리고 있을 뿐이었다. 그한테 맞은 데미지가 컸던 것이다.

촥!

"크앗!"

"일단 머리가 나쁜 건 확실한 것 같아. 안 그래?"

태현은 이죽거리며 검을 수평으로 휘둘렀다. 케인의 빈틈을 정확히 찌른 것이다.

케인은 사납게 검을 휘둘러 태현을 공격했지만 태현은 회피로 빗나가게 만들었다.

HP가 깎인 것도 깎인 것이었지만, 가장 케인을 화나게 만든 건 저런 잔 속임수에 속았다는 것이었다.

저런 허접한 속임수에 속다니!

그러나 태현에게는 이것도 한 가지 방법 중 하나일 뿐이었다.

태현은 상대를 이길 수 있다면 무슨 짓이든 할 수 있었다.

"너 이 자식…… 정말 죽여주마. 그리고 네가 부활해도 쫓아서 죽여주고……."

케인은 결심했다. 저 오크를 못 잡는 한이 있더라도 저 얄미운 인간을 잡겠다고!

"야. 뒤. 뒤. 이번에는 진짜야."

"닥쳐라! 너부터 끝내고 본다!"

"춰익, 죽여 버리겠다, 인간!"

황소처럼 울부짖으며, 카자크가 달려들었다. 평소의 케인이라면 전혀 당하지 않았을 공격이었다.

태현 때문에 머리끝까지 피가 올라 있어서 보이는 게 없어서 당한 것이다.

"커허헉!"

케인이 옆으로 튕겨 나갔다. 카자크가 양손에 비교적 작은 도끼를 들고 케인에게 덤벼들었다.

원래라면 태현을 공격했겠지만, 방금 워낙 위력적인 공격을 맞아서 케인을 먼저 노리는 것이다.

"취익, 죽여 버리겠다, 인간!"

카자크는 케인 위에 올라탔다. 그러고는 피를 흘리며 도끼를 휘두르기 시작했다.

"크학! 크아악!"

케인은 두꺼운 건틀렛으로 얼굴을 막은 다음 어떻게든 벗어나려고 했다.

그러나 카자크의 힘이 보통 센 게 아니었다. 한 번 불리한 위치에 처하자 벗어나기가 힘들었다.

-붉은 참격!

푸확!

간신히 스킬을 썼지만 카자크는 휘청거리더니 버텨냈다. 분노로 인해 눈이 돌아간 것이다.

온몸에서 피를 흘리며 비틀거리는 게 곧 죽기 직전이었는데, 그런데도 전력을 다해 덤벼들고 있었다.

[빈사 상태에 빠진 카자크가 원시의 괴력을 발휘합니다!]

"이런 개 같은······!"

이런 곳에서, 이런 오크 부족장 같은 몬스터하고 같이 죽으면 그것만큼 웃기는 일도 없을 것이다.

케인은 필사적으로 카자크를 후려친 다음, 전력을 다해서 스킬을 쓸 준비를 했다.

체면이고 뭐고 일단 살아야 했다.

바로 그때!

푹!

"……?"

카자크가 갑자기 움직임을 멈췄다. 가슴팍에는 삐죽한 검이 튀어나와 있었다.

"고마워. 네가 아니었으면 이렇게 쉽게는 못 잡았을 텐데."

위에서 듣기만 해도 싫은 목소리가 들렸다. 카자크가 입에서 피를 흘리며 쓰러졌다.

뒤에 태현이 서 있었다.

카자크가 케인에게만 집중하는 동안, 행운의 일격을 중첩시켜서 즉사시킬 수 있는 공격을 넣은 것이다.

[오크 대부족장의 아들, 카자크를 쓰러뜨렸습니다!]

[칭호, 오크의 원수를 얻었습니다.]

[서버에서 처음 얻은 칭호입니다. 각 스탯이 10씩 증가합니다.]

[레벨이 올랐습니다.]

[오크 대부족과 적대 관계가 됩니다.]

[오크 중형 전투 도끼를 얻었습니다.]

[오크 부족의 마을 지도를 얻었습니다.]

[부서진 갑옷 파편을 얻었습니다.]

[부서진 도끼 파편을 얻었습니다.]

엄청나게 많은 메시지들이 줄줄줄 나왔다.

레벨이 오른 것도 좋았고, 아이템이 나온 것도 좋았지만……

"잠깐. 뭐? 오크 대부족장의 아들?"

태현은 뭔가 잘못 건드린 느낌이 강하게 들기 시작했다.

"아니…… 대족장 아들이라니…… 그런 말은 없었잖아? 미리 해줬어야지!"

<오크 대족장의 분노>

동쪽의 오크들은 언제나 갈라져서 싸우고 있지만, 몇 가지 일에는 협력하는 사이다.

그중 대족장 카라그는 가장 큰 오크 부족을 이끄는 존재로, 카자크의 아버지다.

아들을 잃었다는 소식을 듣는 순간 그는 매우 분노할 것이 분명하다.

카자크의 죽음과 관련된 자들은 대비하는 게 좋을 것이다.

보상: ?

바로 친절하게 뜨는 퀘스트창.

지금 상황을 설명해 주고 있었다.

한마디로 '누가 우리 아들 죽였어!'하고 더럽게 센 오크 대장이 오크들을 이끌고 쳐들어온다는 것 아닌가.

태현이 현실을 부정하는 동안, 다른 사람들에게도 메시지가 뜨고 있었다.

[레벨이 올랐습니다.]

[레벨이 올랐습니다.]

[레벨이 올랐습니다.]

[레벨이 올랐습니다.]

……

계속 뜨는 창들.

태현과는 비교도 안 되는 레벨 업이었다.

타이럼 레인저는 확실히 성장이 빠른 직업이었다. 지수는 순식간에 레벨이 40을 넘어갔다.

오크 부족장, 카자크가 그만큼 강하기도 했고, 이번 퀘스트가 그만큼 위험한 퀘스트였다는 뜻이었다.

거기에다가 타이럼 레인저라는 직업 특성까지 합쳐지자 성장이 정말 빨랐다.

레벨이 1 오른 태현이 알면 어이가 없을 상황!

"너, 너 이 자식……!"

그제야 케인이 정신을 차리고 자리에서 일어섰다.

그는 눈빛만으로도 태현을 죽일 수 있을 것 같았다. 케인은 카자크의 시체를 밟고 태현을 노려보았다.

"너. 내 얼굴 기억하는 게 좋을 거다. 앞으로 계속 너만 쫓아다니면서 죽일 생각이거든!"

"그래. 그래. 오늘 일단 한 번 죽은 다음에 72시간 동안 쉬면서 잘 생각해 봐. 그러면 좀 생각이 바뀔지도 몰라."

"네가 나를 이길 수 있을 것 같냐? 응?"

"어. 이길 수 있을 것 같아. 일단 네가 지금 좀 오크한테 많이 처맞았고……."

태현은 손가락으로 뒤를 가리키며 말했다.

그러나 케인은 뒤를 돌아보지 않았다.

다시는 속지 않으리라!

그걸 본 태현이 피식 웃었다.

"에이. 안 속나?"

"같잖은 수작 부리지 마라!"

"그래. 안 보면 네 손해지."

스르륵-

칼날이 뒤에 겨눠졌다. 뒤를 돌아보자, 아까 그 미녀가 칼을 겨누고 있었다.

"내 레벨 높은 친구도 있거든. 둘이 붙어볼래?"

최상윤이 남은 오크 전사들을 전부 처리하고 돌아온 것이다. 케인은 이를 악물었다.

정말 더럽게 꼬이는 날이었다.

"너, 이 자식 애인이라도 되냐?"

태현은 무시하고 협박에 들어갔다.

"자. 어떻게 할래? 여기서 붙어볼래? 아니면 그냥 얌전히 물러날래?"

"내 길드원들이 다 여기에 있다."

"그래. 우리 좋아하는 병사들도 저기 있지. 네 길드원들 잡고서. 이제 곧 내려올 거야."

갑자기 탈주한 케인을 잡기 위해, 요새의 병사들은 길드원들을 한곳에 모아놓은 뒤 움직이려고 하고 있었다.

여기서 싸움이 벌어지면 전면전이었다.

"누가 이길지는 상관이 없어. 싸우고 나면 너희 길드는 박살이 나는 거지, 뭐. 요새 병사들이야 죽어도 우리와는 상관이 없는 일이니까."

태현의 말은 한 군데도 틀린 곳이 없었다. 거기에 최상윤은 보충 설명까지 했다.

"그리고 싸우기 시작하면 너는 확실히 죽이고 시작할 거야."

"아, 그래. 그걸 까먹었네."

"이…… 빌어먹을…… $#*&@*(&$……."

"입 조심해! 내 방송은 전체 연령가라고."

그들이 떠드는 사이, 저 멀리서 누군가가 나타났다.

오크였다.

완전히 박살이 난 마을을 보고 오크는 경악했다.

"취익! 부족장님! 감히 이 인간들이……!"

크게 울려 퍼지는 비통한 목소리!

그러나 태현은 다른 생각을 했다.

아까 뜬 퀘스트창.

태현은 저 오크가 대족장에게 무언가 일러바칠 것 같은 느낌을 강하게 받았다.

그렇다면…….

"이 자식이 했어!"

"……!?"

떠넘기기!

태현은 케인을 가리키며 외쳤다.

"봐! 이 자식이 너희 대족장 시체를 밟고 있어!"

"뭔 개소리야!? 네가 했잖아!"

"여기 있는 오크들 시체 보이지? 이놈 부하들이 한 거야!"

그건 맞는 말이었다. 하지만 케인 입장에서는 가슴을 칠 일이었다.

[화술 스킬에 성공합니다!]

박살 난 마을, 쓰러진 용병들의 시체. 거기에 레드존 길드마스터는 카자크의 시체를 밟고 있고…….

너무 믿기 좋은 상황이었다.

오크는 부들부들 떨며, 주먹을 움켜쥐었다.

그러고는 강하게 외쳤다.

"취익! 절대 잊지 않겠다, 이 사악한 인간 놈들! 감히 부족장을 죽이고 우리 마을을 불태운 일들을 말이다!"

일단 한숨 돌렸다.

대족장이 쳐들어오더라도 케인을 쫓아올 테니까!

케인이 핏발 선 눈으로 태현을 노려보았다. 태현은 웃으면서 말했다.

"감사는 됐어. 앞으로 어디 가면 '오크 부족장 잡은 용사'라고 자기소개 해도 뭐라고 안 할게."

"너 이 @#^&##!"

케인은 더 이상 참지 못하겠다는 듯이 무기를 들고 태현에게 달려들었다.

어떤 페널티가 있더라도 태현은 바로 죽이겠다는 의지!

[회피에 성공했습니다.]
[회피에 성공했습니다.]

그러나 공격은 허무하게 빗나갔다. 태현은 바로 반격에 나섰다. 케인은 분노한 얼굴로 외쳤다.

-피의 파동!

계속 태현에게 무시당하고 호구처럼 당하고 있었지만, 케인은 랭커에 들어가는 희귀 직업 플레이어였다.

붉은 피의 전사는 자신의 체력을 깎아서 여러 스킬을 쓸 수 있었고, 체력이 낮아질수록 공격력이 높아졌다.

순식간에 케인 주변에 붉은 원이 생기더니 고리처럼 퍼져나갔다.

퍼퍼퍽!

태현은 움찔했다. 회피에 실패한 것이다.

[피의 파동에 당했습니다. 데미지가 누적됩니다.]
[아키서스의 화신으로서 신성 권능을 사용합니다. 데미지를 감

소시킵니다.]

　마을 앞에서 토끼와 싸웠을 때 이후로 데미지를 입은 건 처음 같았다.

　저 붉은 파동 스킬은 회피를 무시하고 데미지를 입히는 것 같았다.

　게다가 계속 맞으면 데미지를 늘리는 형태의 스킬.

　'접근하면 좀 까다롭겠는데.'

　그러나 완벽한 스킬은 없듯이, 데미지는 생각보다 높지 않았다.

　태현의 스탯은 행운을 제외하면 레벨 50대 수준. 레벨 80을 넘는 케인에게 맞았는데 이 정도라면 엄청나게 괜찮은 것이었다.

　게다가 신성 권능까지.

　'신성 권능, 생각보다 괜찮은 스킬이잖아?'

　처음 봤을 때는 얼마나 데미지를 막아주겠나 싶었는데, 지금 보니 매우 유용했다.

　케인은 이글거리는 눈빛으로 태현을 노려보았다.

　반드시 죽인다!

　오늘 겪은 불행이 다 태현 탓인 것 같았다.

　사실, 태현 때문이 맞긴 했다.

　그는 진지한 마음으로 태현을 노려보며 스킬을 준비했다.

　이제 더 이상 태현은 싸구려 장비를 낀 저렙 플레이어가 아니었다.

마치 다른 랭커를 대하듯이, 케인은 진지하게 태현의 '동작'
을 읽었다.

'가까이 다가가면 저 붉은 파동을 쓸 것 같은데. 얼마나 더
쓸 수 있으려나?'

'HP가 너무 많이 깎였어. 포션을 쓰고 싶은데 상황이⋯⋯.'

체력 회복 포션을 쓰고 싶어도 적이 앞에 있는 상황에서는
쉽지 않았다.

케인은 도망칠까 고민했다. 저기 길드원들이 있는 곳까지만
가면 어떻게든 될 것 같았다.

태현을 죽이고 싶었지만, 그건 저기 위로 가서 회복한 다음
해도 되는 일이었고.

게다가 지금은⋯⋯.

"⋯⋯!"

태현이 그의 뒤를 바라보며 신호하는 게 보였다.

'아까 그 여자!'

랭커인 게 분명한, 최상윤이 뒤에 있었다. 케인은 이를 악물
고 뒤로 물러섰다. 그리고 반격기인 피의 철퇴 스킬을 쓸 준비
를 했다.

그러나 최상윤은 하품을 하며 손을 흔들 뿐이었다.

"⋯⋯?"

"쟤가 끼어들지 말라고 했거든."

푹!

"이…… 미친……."

"고마워. 똑같은 수법에 계속 속아줘서."

[HP가 0으로 내려가 사망합니다.]

행운의 일격으로 공격력을 늘리고, 거기에 급소를 노린다.

케인은 당했다는 걸 깨닫고 로그아웃되기 전 태현을 노려보았다.

"반드시, 내가 반드시 널 찾아서……!"

"그래. 그래. 72시간 동안 잘 생각해 봐. 복수는 건강에 좋지 않다는 것도 명심하고."

상대의 속을 끝까지 뒤집는 말투!

태현은 얄밉게 손을 흔들었다. 그것으로 케인의 방송은 끝이었다.

-쟤 누구냐!?

-나 처음 보는데? 랭커야?

-옆에 있는 사유는 랭커잖아.

-나 사유 팬임.

-나도 팬임.

-쟤 사유 남자친구냐?

-사유 남자친구 없댔어!

-그냥 친구?

-아, 지금 그런 거 이야기할 때야? 저 자식이 케인 일대일로 이겼잖아!

-일대일은 아니지. 이 대 일이었잖아.

-이 대 일은 무슨! 사유는 끼지도 않았어!

-오크한테도 맞았고.

-웃고 있네. 너희는 그러면 케인이랑 일대일로 붙어서 이길 수 있냐?

모두가 침묵!

케인 방송을 보는 사람 중 절반이 안티였지만, 그의 실력을 부정하는 사람은 없었다.

그는 분명 고렙 플레이어였고 고수였다.

실력이 없는 사람이 그렇게 길드를 이끌고 세금을 뜯을 수는 없었다.

삥도 강한 놈이나 뜯는 것!

-근데 진짜 누구냐? 랭커면 방송하지 않아?

-그러게. 나 본 적 없는데.

-사유 방송하면 가서 묻자!

갑자기 반사이익.

덕분에 최상윤도 모르게 최상윤 방송의 인기가 올라가고
있었다.

"이야. 그래도 어떻게든 됐네."

갑자기 오크 부족장이 가진, 숨겨진 출생의 비밀이 나왔을
때는 당황했지만…….

따져보니 괜찮았다.

아까 그 오크는 케인이 부족장을 죽였다고 생각하고 돌아
갔다.

대족장이 쳐들어오더라도 일단 케인부터 찾을 것이다.

태현은 상대적으로 안전했다.

게다가 퀘스트도 다 깼고, 레드존 길드원들은…….

"따라와! 이 자식들아!"

길드마스터가 태현에게 죽어버리자 그들은 당황하면서도
일단 병사들에게 끌려가고 있었다.

저 꼴을 보아하니 박살이 난 것이나 다름없었다.

케인은 부활하자마자 길드원들을 이끌고 태현을 죽이러 오

겠지만, 그때쯤이면 태현은 다른 곳으로 가 있을 것이다.

최상윤이 태현을 가리키며 말했다.

"너 지금 붉은색인 거 알지? 나야 괜찮지만 넌 좀 숨어 있어야겠다."

PK를 선공으로 해서 상대를 죽이면 곁에 붉은색이 맴돌았다.

시간이 지나면 회복이 됐지만, 그사이 여러 페널티가 있었다. 마을이나 도시에서 거부를 당하거나…….

태현은 혹시 몰라서 조심스럽게 요새 병사들에게 다가갔다.

설마 살인자라고 욕을 하지는…….

"아! 왔군! 우리의 영웅! 모두 손뼉 쳐주게! 오크 부족장을 처리한 것도 모자라서 범죄자들까지 직접 처리한 영웅이야!"

한 가지 잊고 있었다. 케인은 잘츠 왕국의 적으로 찍힌 상태였다는 것을.

지휘관은 좋아하면 좋아했지 그것 때문에 태현을 뭐라고 하지는 않았다.

병사들은 박수를 하며 환호했다.

[명성이 오릅니다.]

[아덴 요새의 친밀도가 상승합니다.]

[공적 포인트가 상승합니다.]

지휘관은 태현의 어깨를 치며 말했다.

"처음에 백부장이 말했을 때, 나는 믿지 않았지. '아니, 어떻게 혼자서 오크 부족장을 쓰러뜨릴 수 있단 말인가?' 하고!"

"하하, 그걸 아시면 좀 말리시지 그러셨습니까?"

"하하. 이 사람. 농담도 잘하는군!"

태현은 진심이었지만 지휘관은 농담인 줄 아는 모양이었다. 그는 껄껄 웃었다.

[요새 지휘관의 친밀도가 상승합니다.]

숨만 쉬어도 오르는 친밀도!

"그런데 지금 보니, 내가 틀리고 그가 옳았다는 걸 인정할 수밖에 없군! 자네는 내가 생각했던 것보다 훨씬 대단하네! 과연 타이럼 사냥꾼들이야. 그들이 보낸 사람이니 당연하지!"

"감사합니다. 지휘관님."

"자네 같은 영웅을 데리고 싸울 수 있었다는 게 감사할 일이지. 혹시 내 도움이 필요한 일이 있으면 말하게."

[요새의 병사들을 빌릴 수 있습니다.]

[병사를 성장시키거나 잃거나에 따라 요새와의 친밀도가 변화합니다.]

CHAPTER 5

요새의 병사를 빌릴 수 있는 권한은 대단한 것이었다.

잘 훈련된 병사는 어지간한 플레이어보다 강했다.

그런 병사들을 빌릴 수 있다는 것 자체가 많은 공적치와 친밀도의 증거였다.

"감사합니다!"

넙죽 숙여지는 고개.

혼자 돌아다니는 태현에게 이런 식의 힘은 매우 필요한 것이었다.

게다가 이제 그를 죽이려고 쫓아다닐 놈들도 생겼으니까.

"레드존 길드 놈들 어떻게 될까?"

"길마 죽고, 길드원들도 지금 다 끌려가서 잡히게 생겼으니까…… 한동안 휘청거리지 않을까? 그래도 넌 조심하는 게 좋겠다. 그 길마 보니까 너 정말 싫어하는 거 같더라."

"내가 뭘 했다고 그러는지 모르겠네."

"……."

"걱정 마. 어차피 떠날 거니까. 퀘스트도 깼고, 여기 계속 있을 생각도 없었어."

오크 부족장 카자크가 죽은 것 때문에 그의 아버지인 대족장이 무언가 일을 일으킬 것이다.

그러면 가장 첫 번째로 이 주변에 쳐들어오겠지.

이 주변에 있다가 괜히 오크들한테 공격당할 이유는 없었다.

"아. 퀘스트는 다 깼어?"

"네! 감사합니다!"

지수가 다가와서 고개를 숙였다. 이번 퀘스트에서 가장 많이 얻은 사람 중 하나가 그녀였다.

최상윤이야 워낙 레벨이 높아서 이거 하나 깼다고 크게 달라지진 않았다.

태현이야 아이템은 많이 얻었지만 전설 직업 페널티 때문에 레벨 업은 기껏해야 하나 올랐다.

그러나 지수는 어마어마하게 오른 상태였다. 타이럼 레인저로 인한 이득과, 희귀 퀘스트를 깬 덕분이었다.

원래라면 나오지 않았을 희귀 퀘스트를 성공시키자 그 보상은 상상을 초월했다.

"레벨 많이 올랐나 보네?"

"네!"

"나는 1 올랐는데……."

"……!?"

지수는 당황해서 어찌할 줄을 몰랐다. 태현은 피식 웃으면서 지수의 머리칼을 헝클어뜨렸다.

"농담이야. 어쨌든 퀘스트는 깼다 이거지? 일단 빨리 빠져나가자."

"근데 지금 이거 지수 직업 퀘스트지?"

직업 퀘스트. 직업을 얻으면 나오는 퀘스트였다. 플레이어들은 그 퀘스트를 따라가면서 성장했다.

퀘스트의 보상은 다양했지만, 일단 직업 전용 스킬 같은 게 많이 나왔다.

깨고 깨다 보면 직업의 비밀도 나오고 NPC도 나오고…… 직업 퀘스트를 안 깨는 사람은 없었다.

"그렇지?"

"근데 넌 직업 퀘스트 없냐?"

"……?"

그제야 태현은 뭔가 이상하다는 걸 깨달았다.

왜 그는 직업 퀘스트가 없지?

"어⋯⋯?"

"너 뭐 안 나왔어? 보통 전직하면 전직 관련 NPC가 뭐 주잖아."

"저도 타이럼 사냥꾼들한테서 퀘스트 받았어요."

"나는⋯⋯ 그⋯⋯."

길 가다가 갑자기 강제로 전직되어 버렸기에, NPC고 뭐고 없었다.

"그런 거 없는데⋯⋯."

갑자기 숙연해지는 분위기!

지수는 고개를 숙이고 태현과 눈을 마주치지 못했다. 그녀 때문에 여기까지 와서 이 고생을 했는데 정작 태현은 직업 퀘스트도 안 나온다니⋯⋯.

"전, 전설 직업이라 그런 거 아닐까?"

"맞아! 전설 직업이라서!"

둘은 좋은 이유를 찾았다는 듯이 손뼉을 쳤다.

태현은 별생각 없이 스탯창을 켰다.

이름: 김태현

레벨: 27

직업: 아키서스의 화신

HP(체력): 1,325

MP(마력): 1,325

힘: 135 (+20), 민첩: 135

체력: 135 (+25), 지혜: 150

행운: 2,575

보너스 스탯: 0

레벨 업을 했지만 보너스 스탯은 0이었다.

그리고 지혜가 15 늘어나 있었다.

"이런 $*#(@$&(*#&$……."

절로 나오는 욕!

마법도 없는데 지혜를 올려서 뭐한단 말인가!

마법 방어력이야 오르겠지만 그것 때문에 지혜를 올리는 놈은 없었다.

레벨 업 보너스 스탯이 5가 아닌 15가 나온 건 좋았다.

무려 3배 아닌가.

그런데 그게 랜덤으로 지혜에 가서 자동으로 올라 버렸으니…….

태현은 길게 한숨을 내쉬고 평정심을 되찾았다.

그래. 이런 직업이야말로 태현이 가장 잘 플레이하는 직업 아니었던가?

직업이 괴상하고 개떡 같을수록 태현은 의욕이 생겼다.

어떻게 키워야 강하게 만들 수 있을까? 이런 고민만으로도 재미가 있었으니까.

'그래도, 그래도…… 이럴 거면 그냥 전설 직업이라는 타이틀 떼고 주지 그랬냐!'

끝까지 버려지지 않는 미련.

어디 가서 PVP를 하더라도 '전설 직업빨로 이긴 놈!'이란 소리를 듣고 싶지는 않았다.

"그래. 일단 돌아가 보자. 지수는 타이럼 사냥꾼들한테 다음 퀘스트를 받아야 할 거고, 나는……."

"너는?"

"뭐 하실 거예요?"

"토끼 다시 잡을 거야."

"……."

"아니, 뭐 저런 놈이 다 있어요!?"

"저게 김태현이야. 그리고 괜찮아. 이제 수정됐잖아?"

"네, 토끼발 이제 안 나와요."

토끼가 일시적으로 안 나오는 사이 수정이 끝났다.

태현이 잡아봤자 더 이상 토끼발은 나오지 않을 것이다.

"대단하긴 대단하네요. 오크 부족장 잡고, 레드존 길마 잡고, 길드는 거의 박살이 났고……."

"레드존 길마가 방송하고 있어서 다들 궁금해하는데요? 김태현인 게 알려질까요?"

직원들은 기대되는 표정으로 태현을 쳐다보았다.

태현은 판타지 온라인 1에서 가장 유명한 플레이어 중 하나였다.

그가 2를 하고 있다는 게 알려지면 다시 한번 관심이 폭발할 것이다.

지금 벌써 판타지 온라인 2에서 유명 플레이어들은 방송국의 섭외를 받고 있었다.

고정 채널이나 프로그램에 출연하는 것만으로도 시청률이 되니까.

사람들은 판타지 온라인에 그만큼 관심이 있었다.

세계 제일의 가상현실게임!

"김태현인 거 안 알려질걸?"

"네? 그래요?"

"1에서 김태현은 맨날 투구 쓰고 다녔잖아. 알아보는 사람 없을 거야. 자기가 공개하면 모를까."

"추측하는 사람도 없을까요?"

"지금 김태현 따라하는 사람이 몇 명이나 있냐?"

"아……."

판타지 온라인 1에서의 태현은 정말로 인상적이었다.

덕분에 2에서는 가짜가 속출!

이름을 김태현이라고 짓고 대장장이로 파는 플레이어만 수십 명이었다.

"그냥 따라한다고 생각할걸?"

"그러네요."

태현이 '나 김태현이다'라고 말하고 다녀도 대부분의 사람들은 '저거 가짜네!'라고 생각할 게 분명했다.

하물며 정체를 안 밝힌다면 더더욱.

"스미스도 곧 전설 직업 전직하고…… 잘됐네. 이번 달은 아주 화제가 많겠어."

토끼발은 나오지 않았다.

"전직해서 그런가?"

태현은 고개를 갸웃거렸다. 언젠가 나오지 않을 거라고 생각하기는 했다.

계속 나오면 너무 사기적이었으니까.

그래도 나오지 않으니까 살짝 아쉬웠다.

그러는 사이 지수는 퀘스트 완료를 하고 보상을 받으러 움직였다.

"그러면 난 이만 간다?"

"그래. 도와줘서 고마웠어."

"레드존 길드 애들이 쫓아오면 나 불러. 너야 알아서 잘하겠지. 아, 그리고…… 레드존 길드원 말고 다른 플레이어도 조심해라."

"……?"

"내 방송 시청자들이 너 죽인다고 난리야."

"……."

"그럼 간다!"

최상윤은 훌쩍 떠났다. 랭커들은 지금 치열하게 경쟁하고 있었다.

누가 더 좋은 스킬을 얻고 더 좋은 장비를 얻고 더 레벨 업을 빨리하느냐.

판타지 온라인 2의 최강자 자리를 모두가 노리고 있었다.

이럴 때는 한 번의 실수가 치명적이었다.

레드존 길마처럼 한 번 죽으면 페널티 때문에 빠르게 밀려났다.

그런데도 최상윤은 태현을 도우러 망설이지 않고 와준 것이다.

태현은 새삼스럽게 고맙다고 말하지 않았다. 어차피 말하지 않아도 서로 아니까.

둘은 그런 사이였다.

'근데 시청자들이 날 죽인다고?'

최상윤이 떠나고 지수가 돌아오기 전에, 태현은 잠깐 최상윤의 방송을 확인했다.

반응이 궁금했던 것이다.

-저 XXX 죽인다.

-저 자식 어디 있냐?

-저기 잘츠 왕국이지? 내가 찾아간다.

-웃기고 있네. 같이 노는 거 보니 쟤도 거의 준 랭커인데 니들이 뭐라고 덤비냐? 니들이 발릴걸?

-야. 파티 짜고 저놈 잡을 사람?

"……."

대부분은 허세 같았지만, 몇몇 놈은 진심인 것 같았다.

'얼굴 가리고 다녀야 하나?'

이제 처음 보는 사람도 의심해야 할 처지!

"이봐요. 이봐요."

"……?"

"우리 만난 적 있습니까?"

"없는데요."

태현에게 말을 건 것은 늙은 거지였다.

거지 중에서도 등급을 따진다면 A급 거지!

낡아서 다 해진 옷에 불쌍함을 풍기는 얼굴까지.

"돈 안 줄 거니까 저리 가세요."

태현은 바로 선을 그었다.

마을이나 도시에 가면 이런 거지들이 있었다.

흔히들 초보들은 이런 거지들한테 돈을 적선하고는 했다.

상냥하기도 했지만, 그보다는 이런 생각 때문이었다.

'혹시 뭔가 퀘스트나, 좋은 보상을 주지 않을까?'

순진하기 그지없는 발상!

당연히 태현도 해봤다. 태현은 원래 이런 걸 실험해 보고 조사하는 걸 좋아했다.

각 도시나 마을마다 찾아가서 거지들한테 돈을 주고 반응을 확인해 봤다.

그 결과, 나온 건 아무것도 없었다.

그나마 쓸 만한 게 거지가 쓰던 녹슨 장검 정도.

판타지 온라인 1에서 그랬으니 2에서도 별로 달라지지는 않았을 것이다.

숨겨진 퀘스트가 있다고 하더라도 지금은 별로 받고 싶지 않았다.

이미 숨겨진 퀘스트 때문에 고생할 대로 한 태현이었다.

재수가 없었다면 동쪽 오크들에게 쫓겨 다녔을지도 몰랐던 상황.

'이제 좀 정석적으로 살자!'

"아니, 돈을 달라는 게 아니에요. 우리가 만난 적이 있는 것 같아서 그래요."

"네. 네. 그러시겠죠. 다른 세상에서요. 저도 예전에 그렇게 생각한 적이 있었어요. 영화배우 김수아랑 내가 만난 적이 있다고 생각했었는데 알고 보니까 착각이더라고요. 인생이 다 그런 거죠."

태현은 아무 말이나 하며 거지를 밀어내려 했다.

그러나 늙은 거지는 태현의 팔을 붙잡더니 말했다.

"그런 게 아니라니까요! 혹시 아키서스 님 아니십니까?"

"……?"

<직업 퀘스트-아키서스의 화신>

도박꾼 펠마스는 평생 아키서스를 믿어온 사람이다.

아키서스는 사제도 신전도 없는 신. 그의 믿음은 보답받을 수 없었다.

그런데도 그는 포기하지 않고 아키서스를 믿으며 신도들을 꾸렸다.

그를 따라가 신도들을 만나라.

보상: ?

"······??"

태현은 놀라고, 그다음에 상황을 파악했다.

일단 그에게도 직업 퀘스트가 있었다. 그건 좋았다.

그런데······.

'왜 난 거지야?'

이세연 같은 경우에는 폼나는 네크로맨서 집단의 수장이 직접 무릎을 꿇으면서 퀘스트를 받아달라고 했다.

거기까지 안 가더라도 지수만 돼도 타이럼 레인저라고 대접을 받으며 타이럼 사냥꾼들의 퀘스트를 받았다.

그런데 태현은 거지가 찾아왔다. 아니, 거지는 아니라 도박꾼이었지만 대충 거지라고 해도 별 차이는 없을 것 같았다.

"아키서스 님 맞습니까?"

"뭐, 비슷하긴 한데······."

"오오! 아키서스 님! 아키서스 님!"

"쪽팔리니까 그만하지?"

옆에서 사람들이 신기하다는 듯이 쳐다보고 지나갔다.

"평생 아키서스 님을 찾아 헤맸습니다!"

"어떻게 알아봤는지 신기하긴 한데, 그보다 신도들을 꾸렸다는 게 궁금하네. 어떤 사람들이야?"

"역시 제가 하신 걸 알고 계셨군요!"

"……."

"저와 같이 일하는 제 친구들입니다. 모두 다 진심으로 아키서스 님을 믿는 놈들이죠."

"어…… 그러니까…… 같이 일한다는 게, 같이 거지라는 건가?"

"하하, 농담도 잘하십니다! 아키서스 님!"

"거지가 아니면 누군데?"

"그야 당연히 도박꾼들이죠!"

아키서스는 행운의 신.

당연히 그를 가장 간절히 믿는 사람들은……

도박꾼들이었다.

태현은 고개를 저었다. 아무리 봐도 별 볼 일 없는 것 같은 사람들이었던 것이다.

"아키서스 님, 제가 당신을 모셔도 되겠습니까?"

"마음대로 하세요. 마음대로."

태현은 반쯤 포기하고 고개를 끄덕였다.

어쨌든 퀘스트는 깨야 했으니까.

펠마스가 그러고 있는 동안, 지수가 돌아왔다.

"저 왔어요!"

"어, 그래. 그런데……?"

돌아온 지수는 엄청나게 변해 있었다.

윤기 나는 은색 가죽 갑옷에, 보라색 빛을 뿜어내는 활과

활통. 거기에 적색 보석이 박혀 있는 건틀렛과 부츠까지……

'대체 퀘스트 보상으로 얼마나 받은 거야!?'

타이럼 시 같은 곳에 저런 번쩍번쩍한 장비들이 있었다는 것 자체가 신기했다.

겉모습만 보면 지수는 어엿한 고렙 플레이어!

"뭐 얼마나 받은 거야?"

"스킬 다섯 개랑 여기 있는 장비 세트들이랑…… 막 원래 시키지도 않은 일까지 하고 왔다고 되게 칭찬받았어요!"

"그래. 잘됐네……"

슬슬 태현은 혼란스러워지기 시작했다.

그가 전설 직업이고, 지수가 영웅 직업인데, 지금 나오는 보상만 보면 아무래도 둘이 바뀐 것 같은 느낌이었다.

'아니, 이럴 거면 강제 전직이나 시켜주지 말던가!'

그냥 전직 안 시켜주면 억울하지나 않지. 전직은 억지로 시켜놓고서 이상한 것들만 나오니 억울했다.

"그런데 이분은 누구세요?"

"나 퀘스트 주러 온 NPC."

"네?"

지수는 고개를 갸웃거렸다.

펠마스의 겉모습이 마치…….

거지 같았기 때문이었다.

'아. 겉모습은 위장인 건가?'

게임뿐만 아니라 영화나 소설에서도 자주 나왔다. 아무도 안 찾아오는 곳에서 허름하게 위장하고 있는 현자.

지수는 펠마스가 그런 현자가 아닌가 하고 생각했다.

"일부러 저렇게 입은 거죠?"

"뭐가?"

"저 사람이요. 복장이요. 복장. 일부러 저렇게 입어서 사람들의 눈을 속이는……"

태현은 지수의 어깨를 잡았다.

"……?"

"네가 영화를 너무 많이 봤구나."

현실은 현실!

판타지 온라인은 의외로 이렇게 뒤통수를 치는 구석이 있었다.

거지처럼 입은 사람은?

진짜로 거지일 때가 많았다!

판타지 온라인 1에서 이미 태현은 그런 경험을 몇 번 해봤었다.

"아키서스 님."

"아키서스가 아니라 김태현이다."

"김태현 님. 그러면 제가 길을 안내하겠습니다."

"어…… 그런데, 너희들이 있는 곳이 어디지?"

"아탈리 왕국입니다!"

아탈리 왕국. 잘츠 왕국에서 한참 남쪽으로 내려가야 나오는 왕국이었다.

오스턴 왕국보다도 더 남쪽에 있는 왕국.

제작 계열 직업들의 대우가 좋아서 제작 계열 직업들은 저기서 시작하는 경우도 있었다.

"네? 아탈리 왕국이요?"

"아. 너랑은 퀘스트 위치가 좀 다르겠네."

"아, 아니에요. 저도 아탈리 왕국 가도 괜찮아요. 제 퀘스트도 도와주셨으니까 이번에는 제가……."

"너 다음 퀘스트 받았지?"

태현을 게임 관련으로 속이는 건 힘들었다. 태현은 바로 지수가 받은 퀘스트를 맞췄다.

"네……."

"그거 어딘데?"

"잘츠 왕국 주변 던전 같아요."

"그럼 아탈리 왕국으로 따라오면 안 되지. 너도 직업 퀘스트 깨야 할 거 아니야."

"저, 저 도와주셨으니까 이번에는 제가……."

"내가 도와준 건 그냥 내가 할 거 없어서 도와준 거야. 너는 지금 네 퀘스트 있잖아. 기껏 영웅 직업 받고 설렁설렁하면 아쉽잖아?"

판타지 온라인은 시간이 지나감에 따라 있는 퀘스트도 사라지거나 바뀔 수 있었다.

대륙의 사정에 따라 달라지는 것이다.

게다가 다른 플레이어들은 다들 전력을 다해 퀘스트를 깨고 있었다.

"네가 가볍게 하는 거면 모를까, 너도 꽤 게임 빡세게 하는 편이잖아. 그러니까 그냥 가서 네 직업 퀘스트 깨. 난 안 도와줘도 괜찮으니까."

지수는 우물쭈물하다가 고개를 끄덕였다. 태현의 말이 맞았던 것이다.

"저희 나중에 볼 수 있는 거죠?"

"이거 게임이거든? 언제든지 원하면 볼 수 있으니까 이상한 소리 좀 하지 마. 무슨 일 있으면 도와달라고 하고. 상윤이도 있으니까."

레드존 길드를 공격할 때 지수는 비교적 눈에 띄지 않았다. 아마 태현이나 최상윤만 쫓아올 것이다.

그래도 혹시 몰라서 태현은 미리 당부를 했다. 지수는 고개를 끄덕였다.

'윽, 눈빛이 진짜……'

반짝거리는 눈동자!

외모까지 합쳐지자 가슴이 두근거릴 정도였다.

"그러면 다음에 보자!"

"아, 형, 그, 오빠……."

뒷말은 점점 작아져서 태현의 귀에는 들리지 않았다.

-누나 그 남자 누구예요?

-그 자식 누구임?

-누가 신상 좀 알려줘! 골드 주고 산다!

-저거 레드존 길드원 아니냐?

-레드존 길드원 아니거든.

-맞는 거 같은데? 저거 아이디가 사이트에 레드존 들어갔다고 자랑
한 놈 아이디잖아!

-ㅋㅋㅋㅋㅋㅋㅋㅋㅋ

-레드존ㅋㅋㅋㅋ 한 명한테 깨진 길드래요ㅋㅋㅋㅋㅋ

-너희들 아직 감옥에 있냐?

비웃는 리플들. 태현의 신상을 알아내려다가 레드존 길드원
이라는 게 걸린 길드원은 순식간에 웃음거리가 됐다.

오크 부족 퀘스트가 끝나고 나서, 판타지 온라인 2 게시판
은 엄청나게 달아올랐다.

전설 직업 전직 퀘스트나 랭커들의 퀘스트가 아닌 퀘스트 치고는 정말 대단한 반응이었다.

　그런 데에는 여러 가지 이유가 있었다.

　첫 번째로, 대륙 퀘스트와 연결된 퀘스트였기 때문이었다.

　오크 대족장이 부하들을 이끌고 쳐들어온다는 건 위기이자 기회였다. 벌써 이걸 듣고서 어떻게 할지 생각하는 사람들이 많았다.

　두 번째로, 태현도 있었다.

　보통 판타지 온라인의 랭커들은 자기 홍보를 많이 하는 편이었다.

　개인 방송은 물론이고, 방송사에서 진행하는 프로그램에 나와서 홍보하는 경우도 많았다.

　태현처럼 독특한 성격이 아닌 이상 프로그램의 섭외를 받으면 보통 나갔다.

　홍보도 되고 자랑도 되는 일이니까.

　그러나 태현은 갑자기 튀어나왔다. 판타지 온라인 1에서의 김태현인 건 아직 아무도 몰랐지만 그래도 갑자기 나타나서 레드존 길마를 잡은 건 충분히 대단했다.

　게다가 최상윤도 나름 유명했으니, 태현에게 쏟아지는 관심은 당연한 것이었다.

　"오늘은 날씨가 좋네요~."

최상윤은 개인 방송에 달리는 리플을 무시했다. 이미 그는 방송에서 자리를 잡은 상태였다.

외모면 외모!(여장했지만)

실력이면 실력!

리플에서는 '왜 우리 질문에 대답 안 해줘요!', '무시하지 마요!' 이런 질문들이 많았지만, 그걸 무시해도 별 상관은 없었다.

왜냐면…….

그래도 볼 사람들은 다 보니까!

대답 안 한다고 몇 명 떠나가 봤자 시청자들은 많아서 상관이 없었다.

최상윤은 리플은 적당히 무시하며 퀘스트를 설명했다.

태현에 대해서는 나중에 말할 생각이었다.

'근데 뭔 무기를 갖고 올 생각이지?'

태현이 부탁한 게 있었다. 나중에 그가 무기를 만들고 강화하게 되면 최상윤이 광고해서 팔아달라고.

아직은 아니지만 언젠가는 태현이 뭔가 만들어서 갖고 올 것이다.

당연히 기대가 됐다. 태현은 모든 면에서 대단했지만, 대장장이로서는 특히 더 대단했다.

판타지 온라인 1의 태현을 아는 최상윤이었기에 기대를 할 수밖에 없었다.

'내가 쓸 만한 무기였으면 좋겠는데!'

태현이 무기를 만들었을 때 가장 좋은 점은, 다른 사람들이 보기 전에 먼저 살 수 있다는 점이었다.

경매장에 올라가면 이제 그가 사고 싶어도 살 수 없을 때가 많았다.

그래도 친구니까 할인은 좀 해주겠지? 최상윤은 그렇게 생각했다.

"누나, 이거 봤어?"

"응?"

데메르 사제, 최하영은 동생의 말에 고개를 돌렸다.

"뭘?"

"레드존 길드! 이번에 완전히 박살이 났어!"

"뭐? 진짜로? 어떻게? 누가?"

"이거 그때 그 사람 아냐?"

"……!?"

셋이서 레드존 길드를 치러 간다고 했을 때는 믿기지 않았다.

애초에 불가능했고, 시도하더라도 실패할 거라고 생각했던 것이다.

둘은 눈을 크게 뜨고 동영상을 봤다.

동영상 안에서 태현과 최상윤은 말 그대로 화려하게 날뛰고 있었다.

요새의 병사들을 데려와서 레드존 길드원들을 붙잡고, 하던 퀘스트를 뺏고, 오크 부족장까지 처리한 다음에는 레드존 길마까지 싸워서 이겼다.

정말 대단했다.

같이 할 거 그랬나? 하는 아쉬운 마음이 들 정도로.

"같이 갈 거 그랬나?"

"아니야. 같이 가봤자 우리는 방해만 됐을 거야."

최하영은 그렇게 말했다.

실제로 레드존 길드 마스터와 싸우는 걸 보니 최상윤도, 태현도 보통 실력이 아닌 것 같았다.

고렙 플레이어가 분명했다.

"그래도 같이 갔으면 좋았을 텐데……."

"같이 가서 뭐하려고? 레드존 길드한테 찍히려고?"

최하영이 웃으며 말하자 최하준은 멋쩍은 듯이 머리를 긁적였다.

맞는 말이었다.

같이 갔다면 방송에는 같이 나왔을 것이다.

그렇다면 사람들 사이에서 유명해졌을 것이고, 레드존 길드와 원수 사이가 되었을 것이다.

레드존 길드한테 쫓겨 다니는 건 아무래도 좀 부담스러웠다.

"나중에 다시 볼 수 있으면 좋겠네."

"야. 진짜 할 거야?"

"그러면! 넌 뭐 할 건데!?"

"우리 벌써 두 번이나 죽었어……."

"나는 한 번."

"그리고 상대도 안 됐잖아. 완전히 발렸다고."

"발리긴 누가 발려!"

"너랑 나. 얘네. 다 발렸지."

"맞아. 너 발리는 거 다 봤거든?"

"네가 약한 놈이라고 해서 도와주려고 왔는데, 한 명은 랭커였잖아. 이 XX야."

김병국은 화난 얼굴로 친구들을 쳐다보았다. 태현을 PK 하려다가 역으로 PK 당한 그였다.

그것도 두 번이나.

처음 죽었을 때는 어이가 없었지만, 두 번 죽자 이제 억울하고 분노가 치밀었다.

반드시 쫓아간다!

그러나 친구들은 그렇게 생각하지 않는 모양이었다. 그들은 오히려 김병국을 노려보았다.

분명 김병국이 그들을 데리고 올 때는 만만한 놈 하나 손봐 준다고 말했었다.

만만한 놈은 그들보다 레벨이 낮거나 비슷한 놈이지, 절대 랭커를 말하는 게 아니었다.

그러나 정작 만난 상대는 상상을 초월하는 괴물들!

하나는 방송에서도 나오는 랭커였고 다른 하나는 방송은 안 나왔지만 분명 랭커였다.

그렇게 박살을 내는데 레벨이 높지 않을 수가 없었다.

게다가 그들은 끝나고 나서 방송도 봤다. 태현이 레드존 길마를 죽이는 걸 보고 더 확신했다.

태현도 최상윤과 같이 다니는 걸 보니 랭커가 분명하다고.

"네가 XX, 처음부터 제대로 말했으면 우리도 죽지 않았을 거 아냐?"

"맞아. 어떻게 보상해 줄 거야?"

"뭐? 지금 나 때문이라는 거냐?"

"그래. 너 때문이라는 거다!"

현실에서도 알고 지내는 사이지만, 게임에서 한 번 죽었다고 틀어지는 한없이 가벼운 사이였다.

김병국은 분위기가 이상하게 돌아가자 당황했다.

"골, 골드 줄게."

"얼마나?"

"적당히 주고 끝낼 생각하지 마. 우리 지금 단단히 삐쳤으니까."

"……."

'이것들도 친구라고…….'

김병국은 이를 갈며 골드를 꺼냈다. 빈털터리가 되었지만 결심은 사라지지 않았다.

반드시 쫓아가서 복수할 것이다!

'근데 어디로 갔지?'

판타지 온라인의 가장 큰 특징 중 하나.

세계가 너무 넓어서 상대가 숨으려고 마음먹으면 정말 찾기 힘들다는 점이었다.

-필 씨. 왜 부르셨어요?

구성욱은 타이럼이 아닌 다른 곳에 와 있었다.

토끼가 잠시 사라졌기 때문이었다.

마음 같아서야 타이럼 사냥꾼들을 공격하고 싶었지만, 구성욱은 아직 거기까지 이성을 잃지는 않았다.

-너 지금 타이럼 아니지?

-네. 거기 토끼 안 나와서 다른 데 왔잖아요.

생각만 해도 이가 갈렸다.

타이럼 사냥꾼들의 치사함은 상상초월!

아니, 아무리 그래도 그렇지, 토끼가 없을 때 토끼를 잡아오라고 하는 건 정말 너무하지 않은가.

이런 도시가 초보자가 시작할 수 있는 도시 중 하나라는 게 믿기지 않을 정도였다.

-지금 다시 가봐야겠다.

-네? 토끼 나왔어요?

-그건 가서 확인해 보고…… 그 네 장비 만진 대장장이 있잖아? 지금 내가 보고 있는 동영상에 나오고 있는 거 같거든?

-네?

-자세한 건 네가 직접 봐. 네가 보여준 얼굴 맞는 거 같은데.

구성욱은 급하게 필이 보내준 영상을 확인했다.

정말 그 대장장이가 나왔다고?

'뭘로 나온 거지?'

하긴, 그런 식으로 장비에 옵션을 부과할 수 있다면 언제 유명해져도 이상할 게 없었다.

지금 대장장이는 어느 곳에서든 다 구하려고 하는 인재니까.

그러나 나온 영상은 그의 예상과는 전혀 달랐다.

-대단하지? 너도 보고 있냐?

-어…… 이게…… 뭔…….

-그래서, 맞아?

-얼굴 맞는 거 같은데…… 아니…… 분명 초보자였는데……?

처음에 태현을 봤을 때, 구성욱은 초보자라고 생각했다.

먼저 타이럼은 초보자들(잘 모르고 속은)이 시작하는 곳이었으니까.

게다가 태현의 겉모습은 그렇게 레벨이 높아 보이지 않았다.

장비도 별로 대단한 것들이 아닌, 기본 장비 같은 것들을 입고 있었던 것이다.

'아니, 초보자가 아니면 대장장이 옆에서 왜 그 짓을 하고 있었지?'

태현이 타이럼에서 한 건 토끼를 잡은 것과 NPC들에게 요리를 해준 것, 그리고 대장장이한테 기술을 배운 것 정도였다.

당연히 초보자로 보일 수밖에 없었다.

-아무리 봐도 저렙은 아닌데? 레드존 길마가 여러모로 함정에 빠지기는 했는데, 저렇게 이기려면 절대 초보자는 아니지. 레드존 길마가 레벨 몇이었지?

-82였을걸요. 저보다 2 낮죠.

구성욱의 목소리에는 살짝 자부심이 섞였다.

판타지 온라인에는 레드존 길마보다 레벨이 높거나 더 강하지만, 아직 기다리고 있는 플레이어들이 많았다.

구성욱도 스스로가 그중 하나라고 생각했다.

지금은 기다리고 있지만, 기회를 잡으면 그들의 길드도 당당하게 나아갈 것이다.

판타지 온라인 랭커들의 꿈은 모두 똑같았다.

대륙의 황제!

물론 각자 눈앞의 목표는 다르겠지만, 가장 높은 목표는 대륙의 황제였다.

성이나 도시 하나 얻기도 힘든데, 대륙의 황제라니. 생각만 해도 멀고 대단한 목표였다.

-그러면 아무리 낮게 봐도 70은 넘지 않겠어?

-아니, 근데 진짜…… 그러면 왜 거기서 그러고 있었던 거지?

-아. 혹시 이런 거 아닐까? 원래 본래 직업은 따로 있는데, 레벨 좀 올리고 나니까 대장장이 기술이 배워지고 싶어진 거야. 그래서 타이럼에 와서 대장장이 기술을 배운 거지. 겉모습이 허름하다고 했지? 그건 괜히 눈에 띄기 싫어서 위장한 거고.

-레벨 70 넘긴 플레이어가 뭐가 아쉬워서 대장장이 기술을 새로 배워요?

그 정도 되면 그냥 돈 주고 대장장이한테 맡기는 게 훨씬 빨랐다.

쓰고 있는 장비의 수준이 높아서 대장장이 기술 조금 배워

봤자 자기 걸 만질 수도 없었으니까.

대장장이 기술 스킬의 숙련도를 올리는 건 고난의 길이었다.

노가다와 눈물의 길!

레벨 70을 넘길 정도면 그런 짓을 할 이유가 없었다.

-야, 사람 속은 모르는 거다. 너무 성급하게 단정하지 마. 어디서 또라이가 나올 줄 모른다고.

-하긴…… 그렇긴 하네요.

판타지 온라인의 플레이어가 워낙 많다 보니, 컨셉을 독특하게 잡은 사람들도 많았다.

레벨 70을 넘기고 새로 대장장이 기술을 수련하는 사람이 있어도 불가능하지는 않았다.

-길드 없이 혼자 돌아다니는 플레이어들은 원래 좀 잡다하게 스킬 배우는 경우가 많잖아. 미리 좀 배우려고 하나 보지.

-그러면 그 옵션은 레벨이 높아서 그렇게 나온 건가요?

-그럴 수도 있고, 아니면 그 대장장이 직업이 특이해서 그런 걸 수도 있고. 사실 그런 식으로 옵션 나오는 걸 본 적이 없어.

행운에 관련된 옵션은 보기 드문 옵션에 속했다.

이유는 간단했다.

다들 행운을 올릴 바에는 다른 스탯을 올렸기 때문이었다.

-판타지 온라인 직업이 한두 개도 아니고 우리가 모르는 게 있어도 놀랍지는 않겠지.

-갑자기 걱정되는데요.

-왜?

-초보자면 우리가 엄청 밀어줄게! 하고 데려올 수 있겠지만…… 레벨 높은 플레이어면 그런 게 잘 안 통하잖아요.

-그래도 설득은 해봐야지. 혼자 돌아다니는 플레이어들이 왜 혼자 돌아다니겠어?

-어…… 같이 뭘 하는 걸 싫어해서요?

-그래. 대형 길드 같은 경우는 사람도 많고 안에서 이것저것 시끄러운 경우가 많잖아. 그에 비해 우리는 소형 길드라서 그런 것도 없고 화기애애하지.

구성욱이 마음에 들어 하는 이유 중 하나였다. 그의 길드 '검은 바위단'은 소수 정예에, 분위기도 좋았다.

다른 대형 길드 안에서 일어나는 싸움 같은 것과는 거리가 멀었다.

-그런 걸로 설득을 해봐.

-잘 알겠습니다.

-그래. 아, 이번에 퀘스트도 꼭 깨고. 대체 그 '차가운 울음의 검'은 언제 볼 수 있는 거야? 내가 만들어주고 싶어도 제작법을 봐야 만들어주지!

-저도 알아요, 필 씨. 이번에는 꼭 깹니다!

타이럼에서 보낸 시간을 생각하면 자다가도 분통이 터졌다.

'타이럼 사냥꾼 놈들 세게 한 대만 때릴 수 있으면 좋겠다.'

구성욱은 그렇게 생각하며 발걸음을 옮겼다.

물론 태현은 사라져 있었다.

"으아아아아아아아아아아!"

"태현 님."

"부르지 마라."

태현의 목소리는 차가웠다. 그러나 펠마스는 넉살 좋게 웃었다.

"하하, 왜 그러십니까?"

"눈이 있으면 이 마차 꼴을 보고서 이야기하지?"

덜컹대는 마차 바닥.

태현은 한숨을 쉬었다. 이런 것까지 리얼하게 구현을 하다니.

처음에 펠마스가 '아탈리 왕국까지 제가 다 모실 테니 태현 님께서는 걱정하실 거 하나도 없습니다!' 라고 말했을 때만 해도 좋았다.

아, 이게 대접을 받는 거구나!

그래. 명색이 신인데 이렇게 신도들한테 충성을 받아야지.

그러나 태현은 한 가지를 잊고 있었다. 펠마스가 거지꼴을 하고 있었다는 것을.

마차도 어디서 부서지기 직전의 낡은 마차를 갖고 왔고, 마부를 고용할 돈도 없었는지 자기가 직접 마차를 몰았다.

잘 몰지도 못했다. 덕분에 마차는 미친 듯이 흔들렸다.

[마차의 왼쪽 바퀴가 파손되기 직전입니다. 멈춰서 수리해야 합니다.]

[바퀴가 부서져도 마차는 움직일 수 있지만 사고가 일어날 수 있습니다.]

"스톱, 스톱!"

그냥 하는 협박보다 더 무서웠다. 태현이 말하자 펠마스는 고개를 갸웃거리며 멈췄다.

"왜 그러십니까?"

"바퀴가 이상하다. 고치고 가자."

"바퀴요? 하하. 겁도 많으셔라. 아직 괜찮습니다."

"네 머리통을 바퀴 사이에 끼워줄까?"

바로 나오는 성질. 펠마스는 황급히 입을 다물었다.

태현은 망치를 꺼냈다. 대장장이 기술은 기초 스킬이었다. 이런 마차 바퀴 수리 같은 건 다른 스킬이 있어야 했다.

그렇지만 대장장이 기술도 중급 단계고, 행운도 있었으니 일단 한 번 해볼 생각이었다.

'더 심각해지지는 않겠지?'

아우우우-

멀리서 들리는 울음소리.

"이거 뭔 소리냐?"

"주변에 몬스터가 있는 것 같군요. 아마 검은줄무늬 늑대가 아닐까 싶습니다만."

"검은줄무늬든 점박이든, 어느 정도로 강한 몬스터지?"

"한 방에 보낼 수 있습니다."

펠마스는 표정 하나 변하지 않고 말했다.

그 모습에서는 인생을 오래 산 사람에게서만 풍길 수 있는 지혜로움과 자부심이 엿보였다.

태현은 살짝 감탄했다. 그래도 전설 직업 관련 NPC인데, 뭔가 능력은 있구나!

"그놈이 저를 말이죠."

"……뭐?"

"검은줄무늬 늑대라면 저를 일격에 죽일 수 있는 위험한 몬스터입니다. 그런데 태현 님. 왜 망치를 들고 저한테……?"

퍽!

"으아악!"

"안 아픈 거 안다."

때려봤자 어차피 데미지도 안 들어가는 망치였다. 펠마스는 아프지 않다는 걸 깨닫고 눈을 깜박였다.

"빨리 고치고 가야겠군."

태현은 대충 마차 바닥에 있던 못을 꺼내 바퀴의 흔들리는 부분을 향해 두드렸다.

믿을 수 있는 건 대장장이 기술과 행운뿐.

[금이 간 마차 바퀴를 수리합니다.]
[기계공학 스킬이 없습니다. 페널티를 받습니다.]
[뛰어난 행운이 손을 인도합니다.]

"……?"

잠깐 놀란 태현은 이게 뭔지 깨달았다.

<신의 예지>
아키서스의 능력에 따라 길을 보여줍니다.

패시브 스킬, 신의 예지. 설명만 봤을 때는 이게 무슨 헛소리만 늘어놓은 스킬인가 했었는데, 이제는 뭔지 알 것 같았다.

지금 마차 바퀴는 흰색으로 반짝이는 부분과 붉은색으로 반짝이는 부분이 있었다.

'건드려야 하는 곳과 건드려야 하지 말아야 하는 곳이라는 건가?'

아키서스의 능력이라면 바로 행운.

행운이 높은 사람이라면 어떤 것도 할 수 있었다.

돌팔이 의사가 칼을 아무렇게나 휘둘렀는데 운 좋게 종양을 잘라낼 수도 있었고, 대장장이가 망치를 아무렇게나 휘둘렀는데 운 좋게 걸작을 만들어낼 수도 있었다.

신의 예지란 건 바로 그런 스킬이었다.

아무것도 몰라도 높은 행운으로 길을 보여주는 스킬!

'쓸 만한 게 있어서 다행이군.'

전직하고 나서 얻은 스킬들이 다 미묘해서 슬퍼지려던 참이었다.

'좋아, 그러면 흰색을 두드리면……'

콰지직!

"……?"

바로 박살 나는 마차 바퀴.

아.

붉은색을 건드려야 하는 거였구나……

[마차 바퀴를 전부 수리했습니다.]

[금이 간 마차 외벽을 수리했습니다.]

[마차 바닥을 수리했습니다.]

[수리 스킬이 증가합니다.]

[대장장이 기술 스킬이 증가합니다.]

[스킬, '기계공학'을 배웠습니다.]

기계공학. 한마디로 복잡한 원리를 갖고 있는 물건을 만들 수 있는 스킬이었다.

뛰어난 대장장이가 기계공학까지 스킬 레벨이 높으면 정말 기상천외한 물건들을 만들어냈다.

'판타지 온라인 1에서 잘 써먹었었는데……'

태현은 추억에 잠겼다.

"하하! 로켓 폭탄이다! 죽어라!"

"으아악! 저 미친놈이 뭘 터뜨린 거야!?"

"로켓을 막아! 로켓을 막아!"

"로켓 안에 독이 들어 있어! 도망쳐! 막을 수가 없어!"

"덫, 덫이다!"

"대체 언제 덫까지 깔아놓은 거야!?"

주로 태현에게만 좋은 추억이었다.

당한 플레이어들은 아직도 잊지 못한, 악몽 같은 기억들!

'그래. 기계공학도 좀 익혀둬야지.'

기계공학 같은 건 NPC를 잘 만나야 했다. 혼자서 제작법을 배우는 건 힘들었다.

'아탈리 왕국에 제작직이 많다는데, 기계공학 NPC도 있으면 좋겠군.'

"처음에 태현 님께서 마차 바퀴를 부수셨을 때는 놀랐습니다."

"거, 사람이 실수할 수도 있지."

여분의 마차 바퀴가 있어서 다행이었다.

"그러면 바로 출발하겠습니다."

"아니, 날 밝은 다음 움직이자."

아무리 생각해도 펠마스의 마차 운전 실력은 믿을 수가 없었다.

차라리 태현이 직접 몰고 행운에 맡겨도 저것보단 나을 것 같았다.

날이 어두워진 상태에서 맡기는 건 자살행위!

"늑대가 나오는데 괜찮겠습니까?"

"하하. 네가 운전하는 것보단 낫겠지."

"하하하. 저는 태현 님만 믿겠습니다."

펠마스는 운전 실력을 욕하는 건 은근슬쩍 넘기고 고개를 숙였다.

그래도 경험이 없는 건 아니었는지, 순식간에 불을 피우고 야영할 준비를 마쳤다.

'늑대 정도야 이길 수 있겠지.'

태현은 레벨만 낮았지 스탯만 보면 레벨 50대 플레이어하고 비슷한 수준이었다. 거기에 행운까지 더하면 절대로 약하지 않았다.

이런 산에서 나오는 늑대들이 무슨 보스 몬스터 수준이지는 않을 테고, 덤벼봤자 이길 자신이 있었다.

중요한 건 마차와 펠마스였다.

마차가 부서지면 아탈리 왕국까지 가는데 곤란해졌고, 펠마스가 죽으면 퀘스트가 꼬였다.

'이럴 때 스킬이 없는 게 아쉽단 말이지.'

지금 태현에게는 딱히 스킬이라고 할 만한 게 없었다. 공격력 버프 스킬은 좋은 스킬이었지만 펠마스를 지켜가면서 싸울 수는 없었다.

이럴 때면 마법사가 부러웠다. 고렙 마법사는 상대가 접근하기도 전에 끝내 버렸다.

'마법 좀 배워야 하나…….'

마법사가 아니니 강한 마법은 못 배우겠지만, 다른 직업도 배울 수 있는 마법은 있었다.

그런 약한 마법 하나라도 태현은 충분히 잘 쓸 수 있었다.

태현이 판타지 온라인 1에서 대장장이로 랭커들을 썰고 다닌 건 대장장이가 강한 캐릭터여서가 아니었다.

태현이 대장장이로 할 수 있는 모든 걸 다 시도했기 때문이었다.

"응? 너 뭐 보냐? 판타지 온라인 1 영상이야?"

"네. 판타지 온라인 2랑은 다르지만 그래도 이때 랭커들도 꽤 많이 2로 왔잖아요?"

"그렇지. 이세연이 혼자서 100명 상대로 싸우는 건 봤어?"

"네. 진짜 대단하던데요."

네크로맨서의 정수!

상대의 마법사나 사제 같은 위험한 적에게 먼저 저주를 걸고 공격을 한다.

동시에 시체를 일으켜서 전사들의 발목을 묶고, 어떻게든 한두 명을 죽인다.

싸우다 보면 한두 명은 죽게 되어 있었다.

그러면 즉시 그 시체를 되살린다. 이세연 정도 되는 네크로맨서는 강력한 데스 나이트를 바로 부를 수 있었다.

각종 아이템과 포션으로 마력을 회복하고 시체들을 되살리는 네크로맨서를 막기 위해서는 네크로맨서를 먼저 쳐야 했다.

그들도 그걸 알았기에 이세연을 노리기 위해 특공을 했다.

도적 같은 직업들로 구성된 특공.

그러나 이세연은 이미 읽고 있었다. 바로 마법 함정을 발동시켜서 도적들을 박살 내버렸다.

"그렇지? 괜히 랭킹 1위가 아니야. 그거 말고 다른 랭커들도 보다 보면 명장면 하나씩은 있으니까 챙겨봐봐."

"도적 랭커인 도동수 영상도……."

"도동수? 김태현한테 발린 도적이잖아. 그런 놈 볼 시간에 김태현 영상을 봐라."

냉정한 평가!

최명성은 1초도 고민하지 않고 그렇게 말했다. 도동수 정도 되는 랭커가 저런 취급을 받다니.

윤주환은 갑자기 도동수가 안쓰러워졌다.

"김태현 영상이야 가장 먼저 봤죠."

"그래? 어땠어? 쩔지? 대단하지? 응?"

1초도 안 되어서 나오는 질문들!

"……."

윤주환은 최명성을 어이없다는 듯이 쳐다보았다.

아니, 여기서 일하시는 분이 이렇게 팬인 걸 드러내도 되는 거야?

그러나 최명성은 그의 상사. 윤주환은 그런 말은 삼키고 말했다.

"네. 진짜 대단하더라고요. 컨트롤은 당연히 대단하고……."

판타지 온라인 1에서의 태현을 이야기할 때, 가장 먼저 나오는 게 컨트롤이었다.

상대의 동작을 읽고, 공격을 하면 바로 피하고, 스킬을 쓰면 카운터를 치고…….

상대하는 입장에서는 악마 같은 컨트롤이었다.

실제로 태현과 싸운 랭커 중 몇 명은 인터뷰를 했었다. 방송에도 자주 나오는 랭커들이었던 것이다.

"진짜 사람 XX 같지가 않더라고요. 무슨 마약이라도 한 거 같았어요. 그거 있잖아요. 집중제? 각성제? 저도 한 컨트롤 하는 사람인데…… 와, 무슨 내가 뭐만 하려고 하면 바로 읽어 내더라고요."

"컷! 컷! 아니, 방송에서 욕을 하면 어떡해요!"

"컨트롤은 당연히 대단하고?"

"어…… 주변 상황 읽는 눈도 대단하고요?"

태현이 일대일을 신청한 게 워낙 유명했지만, 그전에도 아는 사람들은 다 알았다.

특히 PK를 즐기는 플레이어들은 더더욱.

혼자 돌아다니는 태현은 다른 대장장이들이 거대 길드의 지원을 받는 동안 재료와 아이템을 혼자 모아야 했다.

당연히 노가다를 해도 한계가 있었다.

그렇다면?

다른 플레이어를 잡아서 얻어내면 됐다.

그러나 먼저 선공하면 판타지 온라인에서는 페널티가 있었다. 태현은 여기서 발상을 바꿨다.

'PK하고 다니는 놈들은 이미 붉은색이니까 내가 먼저 쳐도 페널티가 없잖아?'

게다가 PK 페널티는 아이템도 많이 떨어뜨리게 만들었다.

그래서 태현은 PK 좀 한다고 악명이 높은 플레이어들을 쫓아다니기 시작했다.

준비가 되어서 랭커들과 상대로 일대일을 하기 전까지는, 태현은 일 대 다수로 싸워 온 사람이었다.

당연히 혼자서 집단과 싸울 때 필요한 모든 걸 갖고 있었다.

상황을 읽는 눈, 물러날 때 물러날 수 있는 판단력, 절대로 흔들리지 않는 냉정함, 끝까지 포기하지 않는 끈기…….

"그게 다야?"

"더 있어요?"

"쯧쯧. 이래서 뉴비란…….."

최명성이 혀를 차며 손을 흔들자 윤주환은 속으로 울컥했다.

지금 최명성의 태도는 마치……:

'김태현 빠돌이인 건 알았지만 좀 심하지 않아!?'

원래 별로 안 유명했던 인디 밴드가 방송을 타고 유명해지자, 그 인디 밴드의 원래 팬이었던 사람이 '아, 요즘 팬들은 뭘 모른다니까~' 하는 느낌!

"김태현 볼 때 다들 화려한 겉모습에 집중하는데, 더 대단한 게 있어."

"그게 뭡니까?"

"전략이지."

"아. 판 만드는 거요?"

PK 플레이어들은 혼자 다니지 않았다. 태현이 그들을 상대할 때 그냥 정면돌격을 하지 않았다.

몬스터를 보내든, 이간질을 하든, 함정을 파든, 어떻게든 갈라놓고 빈틈을 만들고 혼란에 빠뜨렸다.

지금도 그 싸움 중 몇 개는 베스트 랭킹에 있을 정도로 대단한 장면이었다.

"아니. 판 만드는 것도 대단하긴 한데…… 내가 말한 건 캐릭터야."

"캐릭터요?"

"캐릭터를 어떻게 키워야 강하게 만들 수 있을까? 이 전략을 잘 짠다고. 판타지 온라인 1의 랭커들 보면 다 강한 직업을 가진 놈들이었거든? 김태현 빼면 다 강캐였어."

"그랬었죠."

"김태현이 그냥 대장장이 들고 덤볐으면 아무리 컨트롤이 좋아도 졌을 거야. 김태현은 거기서 특별했다고. 대장장이로 할 수 있는 건 다 했단 말이야. 너 판타지 온라인 1에서 폭탄 아냐?"

"네. 대장장이 밥줄이잖아요."

대장장이가 제작할 수 있는 폭탄 계열 아이템.

데미지는 그렇게 크지 않지만 스턴 효과가 있었다. 맞으면 마비되는 것이다.

대장장이가 쓰는 스킬 콤보는 거의 다 이 폭탄이 들어갔다.

폭탄으로 스턴 걸고 망치. 폭턴으로 스턴 걸고 대못 작렬 등등.

"판타지 온라인 1 끝날 때야 다들 폭탄 썼지만, 원래 그거 아무도 안 쓴 거 아냐?"

"네? 진짜요?"

"그거 데미지가 진짜 쥐꼬리만 했거든. 그런 주제에 기계공학 파고서 복잡하게 만들어야 하니까 아무도 안 건드렸지. 스턴 효과 하나만 있으니까 무시한 거야. 그런데 그걸 파고든 게 김태현이야."

태현은 대장장이로 할 수 있는 건 모두 해야 했다.

그게 약캐의 운명이었다.

강캐는 설렁설렁 스킬을 써도 약캐는 죽어라 스킬을 써야 따라잡을 수 있었다.

그래서 할 수 있는 건 다 찾아봤다. 그런 도중 발견된 게 폭탄류 아이템이었다.

데미지는 낮지만 스턴 효과가 있었다. 태현은 거기에 주목했다.

폭탄 계열 아이템으로 상대에게 온갖 디버프를 걸고 어떻게든 개싸움으로 유도한다.

그것 말고도 태현이 만든 유행은 한두 개가 아니었다. 전투형 대장장이로 가능한 모든 건 다 태현이 보여줬다고 해도 과언이 아니었다.

"그런 전략은 아무나 짜는 게 아니야. 머리가 있어야 가능한 거지. 타고난 센스도. 그리고 이런 플레이어들은 언제나 화제를 만들어줘. 남이 다 짜놓은 길 따라가는 플레이어들은 랭커라고 해도 아무것도 못 만들거든? 그렇지만 김태현은 다르다고."

"아. 예."

윤주환은 한 귀로 흘렸다.

김태현이 대단하다는 건 잘 알게 되었다.

그리고 최명성이 김태현 이야기를 할 때는 대충 들어야 한다는 것도.

"펠마스. 네가 만든 모임에 있는 사람들은 어떤 사람들이지?"

"예?"

"어떤 사람들이냐고. 전사? 기사? 상인? 도적? 궁수? 마법사?"

"음…… 일단 왕국 근위기사가 있습니다."

"……!"

왕국 근위기사. 기사 계열 직업으로 전직해서 온갖 공적을 쌓아야 올라갈 수 있는 자리였다.

그냥 기사가 아닌, 왕과 왕실 주변에서 일하는 기사 아닌가.

당연히 부릴 수 있는 부하들도 많고 왕이나 귀족과 인맥도 있는, 모두가 원하는 자리였다.

당연히 그 자리에 있는 NPC도 평범하지는 않을 것이다.

태현은 갑자기 기대감이 들었다.

펠마스가 워낙 허접해서 기대를 버렸었는데, 설마 다른 사람들은 아니었나?

정말 뛰어난 사람들이 있을 수도……?

"정말로? 이름이 뭔데? 잠깐, 그런데 어디 왕국 근위기사지? 아탈리 왕국인가?"

"이름은 넥돈입니다. 그리고 지금은 아닌데요."

"뭐?"

"넥돈은 은퇴했거든요."

"그걸 먼저 말해!"

태현은 펠마스의 멱살을 잡았다. 울컥했지만 생각해 보니 그렇게 화낼 건 아니었다.

은퇴했다고 하더라도 능력치는 그대로일 것 아닌가.

"잠깐. 은퇴했어도 실력은 그대로겠지?"

"실력이요? 넥돈도 늙은 데다가 수련을 안 한 지 꽤 되어서 별로……?"

"아니, 근위기사 출신이라는 사람이 뭐 그리 허술하고 자기 관리를 안 해!?"

"그야 넥돈은 도박하다 걸려서 쫓겨났으니까요……?"

펠마스가 태현의 눈치를 보면서 말했다. 그제야 태현은 느낌이 왔다.

아, 다른 인간들이 누군지는 모르겠지만 멀쩡한 인간들은 아니겠구나!

행운과 도박의 신을 찾아 헤매는 인간들이 멀쩡한 인간들 일 리가 없었다.

막장 집합소!

'도망칠까?'

갑자기 태현은 직업 퀘스트고 뭐고 도망치고 싶은 본능적인 충동이 들었다.

"태현 님. 그래도 넥돈이 실력은 있습니다."

"늙고 수련도 안 한 지 꽤 됐다며?"

"그래도 기본 실력이 있잖습니까?"

펠마스는 태현의 생각을 눈치챘는지 살살 달래기 시작했다.

"그리고 저희 무리에 넥돈만 있는 게 아닙니다."

"그래…… 그래. 그렇겠지. 또 누가 있는데? 왕국이 쫓는 범죄자라도 있나?"

있어도 놀랍지 않을 것 같았다.

"어떻게 아셨습니까?"

"뭐 XX?"

바로 튀어나오는 욕설! 태현은 결국 분노조절에 실패했다.

"이, 이제는 괜찮습니다. 예전 일이거든요. 신분도 다 세탁하고 얼굴도 바꿔서 아무도 모를 겁니다."

"……."

도적 에드안. 예전에 왕국의 보물을 훔쳐서 왕의 분노를 산, 나름 유명했던 도적이었다.

결국 잡혔지만 그는 양팔을 자르고 탈출하는 데 성공했다.

그 뒤로 그는 추적을 피하기 위해 얼굴과 신분, 그 모든 것을 바꿨다.

"그리고 이제는 도박을 하고 있고?"

"팔 없는 도둑이 뭘 할 수 있겠습니까?"

"대체 너는 어디서 그런 놈들만 모은 거냐?"

이제 슬슬 궁금해질 정도였다. 일부러 모으려고 해도 모으기 힘들 것 같았다.

"하하. 저희가 좀 궁한 사람들만 모으다 보니…… 저희 같은 사람들이 아니라면 다른 신을 믿지 않겠습니까?"

신전도 사제도 없는 신을 믿는 괴짜들은 드물었다. 태현은 어이가 없어서 헛웃음을 터뜨렸다.

"그래. 잘났다. 아주 종류별로 모아놨군…… 아. 마법사는 없냐?"

"마법사는 없습니다."

"……."

"그렇지만 마법사 비스무리한 건 있습니다."

"마법사면 마법사지, 마법사 비스무리한 건 뭔데?"

"마탑의 마법사 밑에서 일하던 필사꾼입니다."

"그게 어떻게 마법사 비스무리한 거냐? 왕궁 청소부면 왕 비스무리한 거냐? 응?"

필사꾼이라는 건 즉, 베껴 쓰는 사람. 마법사가 시키는 걸 쓰고 정리하는 사람이란 뜻이었다.

당연히 마법사와는 거리가 멀었다.

"그…… 마법사의 마도서 있잖습니까."

"그래, 스킬북."

스킬을 얻을 수 있는 책. 직업마다 다 이름이 달랐지만 마법사가 만드는 책은 마도서로 불렸다.

"그걸 다 받아쓴 사람이 그 친구입니다."

"……!"

태현은 생각지도 못한 소리에 고개를 돌렸다.

"마도서를 다 받아쓰셨다고?"

"자기 말대로 따르면 온갖 책을 다 베껴쓰셨다고 했으니, 어지 간한 마법사보다는 낫지 않겠습니까?"

과연 비스무리하다는 표현이 아깝지 않았다.

태현은 궁금해졌다.

마법사가 안 쓰고 저렇게 필사꾼이 대신 쓴 마도서도 효과 가 있을까?

"좋아. 가서 확인해 보면 알겠지. 제발 쓸모가 좀 있으면 좋 겠는데."

"하하. 태현 님. 저희는 이래 보여도 절대로 능력 없는 사람 들이……."

"그냥 조용히 잠이나 자지그래?"

"예. 태현 님."

CHAPTER 6

펠마스는 조용히 입을 다물더니 얌전히 찌그러졌다. 태현이 노려보는 게 보통 분위기가 아니었다.

더 떠들면 한 대 때릴 분위기!

아우-우-우-

멀리서 늑대 울음소리가 들렸다. 태현은 주변을 둘러보았다. 검은줄무늬 늑대가 어느 정도로 강한지는 몰랐지만, 그래도 기습을 받고 싶지는 않았다.

상대가 약하다고 방심하는 건 바보 같은 짓이었으니까.

'먼저 공격할 방법이 없나?'

태현은 마차를 뒤적거렸다. 적절한 원거리 무기가 필요했다.

"펠마스, 이게 뭐지?"

"……."

"펠마스?"

"……."

"설마 내가 조용히 하고 있으라고 했다고 입 다물고 있는 거면, 망치가 아니라 검으로 팬다."

"하하, 부르셨습니까?"

태현은 진심으로 도망칠까 고민했다. 감이라는 게 있었다.

부자에, 지위가 높고, 친절한 NPC가 퀘스트를 준다면 그 퀘스트는 가슴 따뜻하고 편한 퀘스트일 가능성이 높았다.

그러나 성격 더럽고 아무것도 없는 NPC가 퀘스트를 준다면 보상과는 상관없이 그 퀘스트가 힘들 퀘스트일 가능성이 높았다.

그런데 펠마스는 아무리 봐도…….

꽝 중의 꽝!

'전설 직업 맞지? 전설 직업 확실하지?'

스스로에게 질문을 던지게 만드는 펠마스의 모습!

태현은 고개를 저었다. 억지로 전직시킨 다음 저런 NPC를 보내는 게, 무슨 업보 같았다.

'내가 뭘 했다고…… 음. 많이 하긴 했군.'

판타지 온라인 1에서 태현을 저주한 플레이어들의 원한만 합쳐도 벌써 악마 하나는 만들었을 것 같았다.

"그래서 이게 뭐냐고?"

"아, 이거요? 활입니다. 여기 줄 있으시니 매다시면 되겠네요."

"자랑이다. 활은 쓸 줄 아나?"

"아니요."

"……그래."

태현은 다시 한숨을 쉬며 활을 만지기 시작했다. 줄이 달려 있지 않아서 처음부터 해야 했다.

궁술 스킬은 없었지만 그래도 쏘는 것 자체는 가능했다. 게다가 행운 수치와 스킬을 합치면 꽤 괜찮을 테니까…….

"잠깐. 이거 왜 이렇게 커?"

"그야 인간 활이 아니라 오크 활이라……."

"오크 활도 이렇게는 안 클 것 같은데?"

태현은 아이템을 확인했다.

잘못 만들어진 오크 활: 내구력 85/85, 공격력 60

오래 사용 시 사용자에게 데미지.

힘 제한 50, 민첩 제한 50.

초보 오크 대장장이가 크기를 착각하고 만든 활이다. 크기와 재질 때문에 파괴력은 좋지만, 덩치가 맞지 않는 사람이 오래 쏘면 다칠 수 있다.

"······음. 그래."

태현은 이제 뭐가 나와도 놀랍지 않을 것 같았다.

"일단 여기를 좀 잘라내고······."

어떻게든 잘라내서 맞춰보려는 눈물겨운 태현의 노력. 보답이라도 해주듯이 메시지가 나왔다.

[스킬, 기계공학이 오릅니다.]
[중급 대장장이 기술 스킬 덕분에 활이 쉽게 망가지지 않습니다.]
[중급 수리 기술 스킬 덕분에 활이 쉽게 망가지지 않습니다.]

"신의 예지."

태현은 예지까지 사용해 활을 자르고 고쳤다.

누군가 맞게 고친 오크 활: 내구력 75/75, 공격력 65
치명타 확률 5%. 일정 확률로 급소 명중.
힘 제한 35, 민첩 제한 35.
뛰어나고 유망한 대장장이가 잘못 만들어진 활을 인간에게 맞게 고쳤다.

팅-

태현은 활의 시위까지 연결하고 나서 팅겨보았다. 제법 그럴듯한 소리가 났다.

'대장장이 기술이 중급에 레벨 6 정도니까 대장장이로 그렇게 밀리지는 않겠군.'

대장장이 계열 직업을 골라서, 전문 대장장이로 키우는 플레이어들 중에서는 고급 대장장이 기술까지 간 플레이어들도 있을 것이다.

그러나 태현은 다양하게 스킬을 올리고 있는 상황. 중급 대장장이 기술 6까지 올린 건 대단한 것이었다.

게다가 대장장이들이 다 랭커들만 있는 것도 아니었고, 레벨 낮은 대장장이들이 훨씬 더 많았다.

'행운에 아키서스의 화신 직업 스킬까지 쓰면 어찌어찌 다른 대장장이하고 승부가 될 거 같긴 한데……'

엄청나게 높은 행운과 전설 직업. 태현의 장점이었다. 다른 대장장이들은 결코 따라올 수 없는 장점.

태현은 어두운 숲을 쳐다보았다. 아무것도 보이지 않았지만, 신의 예지 스킬 때문에 붉은색으로 빛나는 것들이 보였다.

그 붉은색이 가까이 다가오자 태현은 바로 화살을 들어 쐈다.

[궁술 스킬이 증가합니다.]

[치명타가 터졌습니다!]

[보이지 않는 적을 맞췄습니다! 궁술 스킬이 추가로 증가합니다.]

"펠마스. 일어나라!"

"예? 뭡니까?"

"뭐긴 뭐겠냐! 늑대겠지!"

아직 보이지 않았지만 오기 전에 다 처리할 수는 없을 것 같았다. 그게 가능하면 태현은 궁수로 전직한 상태였을 것이다.

아우우-

"으아아! 태현 님! 살려주십쇼!"

"……너 진짜 늑대 먹이로 던져 버리고 싶다."

신을 모신다는 NPC가 태현 뒤에 숨어서 벌벌 떨고 있었다.

태현은 다시 활을 당겼다. 펠마스를 믿을 수 없으니 그라도 잘 싸워야 했다.

'걔는 이런 걸 어떻게 그렇게 잘 맞춘 거래?'

태현은 스스로의 실력을 잘 알았다. 일대일에서, 근접전에서, 태현의 센스를 뛰어넘는 상대는 만나본 적이 없었다.

태현은 언제나 상대가 뭘 하는지 읽을 수 있었고 그보다 한 발 먼저 반응할 수 있었다.

그렇지만 이렇게 활로 쏴서 급소를 맞히는 건 태현에게도 나름 어려운 일이었다

'이래서 내가 한주를 했던 건데. 난이도가 있어서.'

예전을 떠올리며 태현은 다시 화살을 집어 들었다.

"응?"

"왜, 왜 그러십니까?"

"여기 늑대 나온다고 하지 않았냐?"

"그랬죠?"

"그런데 저건 뭐지?"

태현은 저 멀리서 나타난 몬스터를 가리켰다. 마차 주변의 모닥불 때문에 몬스터의 모습이 어렴풋하게 보였다.

늑대가 아니었다.

말 위에 탄 기사였다.

"아니, 자세히 보니 말도 아니고 기사도 아니잖아?"

살아 있는 말이 아니라 삐쩍 마른 해골로 되어 있는 말이었다. 게다가 눈이 있어야 할 곳에는 푸른 불꽃이 타오르고 있었다.

유령마!

그 위에 타고 있는 것도 비슷했다. 기사는 기사였는데, 낡고 닳은 갑옷을 입고 랜스를 들고 있었다.

그러나 결코 약해 보이지는 않았다. 낡고 닳은 아이템들이었지만 그 위에서는 음산한 기운이 풍겨 나왔다.

'이런, 젠장.'

태현은 바로 감을 잡았다. 유령마를 타고 다니는 언데드 기사라니. 이건 한눈에 봐도 고레벨 몬스터였다.

이런 게 왜 여기 나온 건지 알 수 없었지만······.

일단 언데드 몬스터는 친절할 가능성이 적었다. 태현은 어떻게 싸울지 머리를 굴렸다. 지금 수준에서 이길 수 있을까?

"그만. 뭐하는 거야? 늑대 잡으랬더니 왜 거기서 그러고 있어?"

"······?"

멀리서 목소리가 들렸다.

나타난 건 여자였다. 칠흑색 로브에 한 손에는 기다란 지팡이를 들고 있는 여자.

태현은 그녀가 들고 있는 장비가 엄청나게 좋은 장비라는 걸 직감적으로 눈치챘다.

판타지 온라인 1에서 수많은 희귀 아이템들을 만져 본 대장장이로서의 직감!

'고렙 마법사? 언데드 부리는 거면 네크로맨서 계열인가? 이 정도면 랭커 같은데, 랭커 중에서 네크로맨서면 누구였······ 헉!'

여자가 다가오자 태현은 그녀가 누군지 깨달았다.

잊을 수가 없었다. 태현이 사람 얼굴을 자주 잊는 편이기는 했지만······.

'이세연이잖아!!'

판타지 온라인 1에서 네크로맨서로 최강의 자리에 앉았고, 결국 태현까지 이긴 플레이어.

게다가 2에서는 전설 직업으로 전직한 상황. 랭커들 중에서 가장 앞서 나가고 있는 사람 중 하나였다.

이세연은 미안하다는 듯이 손을 흔들며 물었다.

"혹시 이 데스 나이트가 공격하지는 않았죠?"

"아, 네."

자연스럽게 변조되는 목소리!

태현은 그가 왜 본능적으로 목소리를 바꿨는지 뒤늦게 깨달았다.

'잠깐만. 이세연이 나를 어떻게 생각하고 있을까?'

일단 판타지 온라인 1의 다른 랭커들은 다 태현을 싫어했다.

당연했다.

대장장이로 일대일을 신청해서 전원을 쓰러뜨렸으니까. 그것 때문에 랭커들은 온갖 비웃음과 조롱을 받았다.

태현이 괜히 판타지 온라인 1 때의 신분을 숨기면서 진행하고 있는 게 아니었다.

신분을 공개하면 순식간에 인기야 끌겠지만, 동시에…….

"야. 김태현 판타지 온라인 2는 안 하냐?"

"뭔 상관인데? 하면 어쩌려고?"

"죽인다!"

"김태현 죽인다!"

"김태현 쫓아다니면서 죽인다!!"

그에게 원한을 가진 플레이어들과 그를 쓰러뜨려서 인기 좀 얻어보려는 플레이어들까지.

엄청나게 몰릴 것이다.

아직은 조용히 살아야 했다.

'1에서 얼굴 가리고 다녀서 다행이지…….'

이세연은 그를 이겼으니까 그래도 원한이 없지 않을까?

태현은 그렇게 생각했다.

"다행이네요. 주변에 늑대들이 보여서 청소 좀 하라고 보냈더니 이상한 곳으로 가서…… 대장장이신가 봐요?"

이세연은 태현의 망치를 가리키며 물었다.

"아, 네."

"혹시 긴장하신 건가요? 제가 네크로맨서긴 한데 상관없는 사람 공격하지는 않으니까 긴장 안 하셔도 되는데요."

이세연은 랭커 중에서도 성격이 좋은 편에 속했다. 시원시원하고, 뒤끝 없고, 처음 보는 사람이나 저렙에게도 친절한 편이었다.

인기가 좋을 수밖에 없었다.

그에 비해 태현은…….

"긴장 안 하고 있습니다. 하하!"

"아무리 봐도 긴장하신 거 같은데……? 혹시 저 아시나요? 방송 보셨을 수도?"

"누군지 잘 모르겠는데요."

"그래요? 저 방송도 하는데, 방송 보시면 제가 나쁜 사람 아니라는 거 알 수 있을 거예요."

"지금 방송을 하고 있으신 겁니까?"

"아, 아니요. 저는 필요할 때만 방송을 해요. 지금은 아니고요."

방송을 언제나 하면 귀찮은 일만 벌어졌다. 이세연 정도 되는 랭커들을 견제하려는 사람들은 많았다.

"대장장이신데 혼자 여행하는 건가요?"

"아, 네."

"혹시 말버릇이 '아, 네'예요? 아까부터 계속 '아, 네'만 하시는데……. 혹시 제가 불편하신가요?"

"하하, 그럴 리가요. 전혀 불편하지 않습니다."

물론 이세연이 그냥 저리 가줬으면 좋겠지만, 태현은 표정을 유지하며 거짓말을 했다.

머릿속으로는 이세연이 그에게 원한이 있을까 없을까 하는 생각만 돌아가는 중이었다.

"보니까 레벨이 아주 낮지는 않은 것 같은데, 길드 안 들어가셨어요? 대장장이인데?"

"혼자 하는 걸 좋아해서요."

"솔플을? 대장장이로? 대단하시네요. 그러고 보니 판타지 온라인 1에서도 그런 플레이어가 있었죠."

"……!"

태현은 움찔했다. 설마 알고 하는 소리는 아니지?

"그 플레이어 때문에 2에서도 유행이 좀 생긴 것 같은데, 사실 대장장이는 길드에 들어가야 편한 직업이라고 생각하거든요. 아. 꼭 들어가라는 건 아니고요, 혼자 하는 것도 좋죠. 존경해요."

태현은 살짝 감동했다. 이세연의 태도 때문이었다. 랭커 중에서 저렇게 처음 보는 저렙한테 친절한 사람은 많지 않았다.

저런 이세연의 태도를 보니 스스로를 반성하게 됐다.

'과연 나는 저렇게 착하게 살고 있는가?'

그건 그거고, 태현은 은근슬쩍 떠보기로 마음먹었다.

"1에서 그런 플레이어라뇨?"

"아. 김태현이라는 플레이어인데. 모르세요? 하긴 2가 아니라 1이니까…… 대장장이로 혼자 플레이하면서 PVP 잘하던 플레이어가 있었거든요."

"대단하네요."

"대단했죠."

이세연은 그립다는 표정으로 말했다.

"제가 이겼지만요."

"아, 네."

"제가 이겼지만요."

"들었는데요."

"중요한 거라 원래 이거 이야기할 때는 두 번씩 말해요."

"……."

태현은 속에서 뭔가 끓어오르는 느낌을 받았다. 그래. 너 잘
났다!

"정말 힘들게 이겼거든요. 사실 거의 졌던 싸움이었는
데…… 아. 이야기가 샜네요. 어쨌든 그런 플레이어가 있었다
고요."

"재밌네요. 그런데 결국 이기신 건 그쪽이니까 그 김태현이
라는 플레이어한테는 별 관심이 없겠네요?"

"아뇨, 관심 많은데요."

"……."

태현은 불안해지는 걸 참고 물었다.

"어떤 관심을……?"

"판타지 온라인 1을 안 해서 모르시는 것 같은데, 정말 대단
한 플레이어였거든요. 관심을 안 가질 수가 없죠."

"그래도 그쪽이 이겼다고……."

"그건 운이었고요."

"아. 네. 근데 관심이라는 게……? 길드에 섭외하는 그런 관
심인가요?"

"2에서요?"

"1은 끝났잖아요. 2에서 보면요."

"김태현은 판타지 온라인 2 안 하는 것 같지만, 만약 한다고

치면…… 아. 잠깐. 길드 섭외요? 그건 1에서 했는데 거절하더라고요."

"하하. 그런 제안을 거절하다니 분명 무슨 사정이 있었……."

"아뇨. 별 같잖은 이유로 거절하던데요."

말하면서 이세연은 살짝 이를 갈았다. 그걸 본 태현은 등에 소름이 돋았다.

"2에서 보면 일단 공격해야죠."

"……!"

이세연은 뒤의 말은 하지 않았다.

그녀는 태현을 만나면 일단 공격한 다음, 도망가지 못하게 하고 '내 길드에 들어와! 들어오기 전까지는 못 가!'라고 말할 생각이었다.

태현이 어처구니없는 이유로 거절한 게 황당하기는 했지만 그것 때문에 원한은 없었다.

오히려 태현을 더 갖고 싶어졌을 뿐. 태현은 타고난 플레이어였다. 그리고 이세연도 마찬가지였다.

비슷한 사람끼리는 서로 끌리게 마련.

이세연은 태현을 길드에 넣고 싶었다.

그러나 그녀는 상상치도 못했다.

그녀가 말한 것 때문에 태현은 절대로 그녀 앞에서 정체를 드러내지 않기로 결심했다는 것을.

'젠장, 모두 나를 싫어하는군.'

업보의 결과!

다른 놈은 몰라도 이세연한테 정체를 밝혔다가는 정말 제대로 꼬이게 생긴 판이었다.

"그렇지만 2를 안 하니 이건 별 의미가 없네요."

"하하! 그러네요! 그 김태현이라는 플레이어를 보니 아마 1에서 그쪽한테 져서 접은 것 같네요! 2는 오지도 않을 거예요!"

"알지도 못하는 사람한테 그렇게 말하지 마세요."

까도 내가 깐다!

이세연은 태현에게 김태현을 욕하지 말라고 말했다. 기묘한 광경이었다.

심지어 듣는 태현도 기분이 묘해질 정도였다.

"아, 네. 죄송합니다."

"다시 시작할지도 몰라요. 느낌이 있거든요."

"느낌이요?"

"그렇게 게임을 좋아하는 사람은 영원히 접을 수 없어요. 조금 쉬다가 다시 시작할 가능성이 높다고요."

'어떻게 알았지?'

태현은 속으로 감탄했다. 그가 어떻게 했는지 완전히 맞추고 있었다.

"다시 시작하면 이번에는 꼭······."

"이번에는 꼭 뭐요?"

태현은 불안해져서 물었다. 이번에는 꼭 다음에 들어갈 말이 뭐지?

이번에는 꼭 죽인다?

이번에는 꼭 박살 낸다?

이번에는 꼭 내 손으로 게임을 접게 해주겠다?

"아무것도 아니에요."

'이번에는 꼭 길드에 넣겠다'였지만 태현은 그것을 알 수 없었다.

그래서 더 올라간 불안함!

"그러면 전 이만 가볼게요. 아. 이 주변에 있던 늑대들은 전부 처리했으니 별로 걱정 안 하셔도 될 거예요. 그리고 시간 나면 제 방송 한 번 보세요. 재밌어요. 이세연으로 찾으면 나올 거예요."

"아. 네."

이세연은 떠날 준비를 하면서 살짝 신기해졌다. 그녀가 친절하기는 했지만 처음 보는 사람하고 이렇게 길게 이야기한 적은 드물었다.

눈앞의 대장장이에게는 그녀의 관심을 끄는 무언가가 있었다.

'뭐지? 이상하게 신경이 쓰이네.'

예리한 감각!

이세현도 태연 못지않게 예리한 감각을 갖고 있었다.

"잠깐만요. 그러고 보니 이름도 안 물었네요. 이름이?"

"어, 그러니까. 김, 김트……."

"김트?"

"김트, 김대현입니다."

태현의 본능이 말해주고 있었다. 김태현이라고 말했다가는 분명 눈치를 챈다!

"김대현이요? 이름 비슷하네요. 나중에 방송 보면 말해주세요."

이세연은 인사하고 나서 언데드들에게 손짓했다. 가볍게 떠올라 사라지는 모습을 보고 나서 태현은 깊게 한숨을 내쉬었다.

보스 몬스터와 연속으로 싸운 느낌이었다.

"하…… 그래도 이세연한테는 원한을 안 산 줄 알았는데."

신분을 철저하게 숨기거나, 아니면 새로운 신분을 만들거나.

대장장이로 얻을 명성은 최상윤한테 부탁해서 해결하려고 했으니 괜찮을 것이다.

-야. 야.

-응?

마침 최상윤이 귓속말을 보내왔다.

-네가 부탁한 거 있잖아.

-아. 지수?

레드존 길드가 복수를 하려고 한다면, 최상윤이나 태현이 먼저 당할 것이다.

그 둘이 다 했으니까.

사실, 최상윤보다 태현이 더 먼저 노려질 가능성이 컸다. 최상윤은 랭커에다가, 팬도 많았다.

그에 비해 태현은 길드도 없고 랭커로 알려지지도 않았으니까. 게다가 길마를 죽인 건 태현 아닌가.

그렇지만 지수도 그 자리에 있기는 했고, 혹시 몰랐다. 그래서 태현은 최상윤한테 부탁을 했다.

'괜찮은 길드 있으면 지수 좀 추천해서 들어보낼 수 있냐? 인원 적고 화기애애했으면 좋겠는데.'

'대형 길드?'

'아니. 대형 길드는 애가 적응을 못 할 것 같던데. 얘가 나처럼 좀 아싸 기질이 있어서…….'

아싸는 서로를 알아보는 법.

물론 지수가 들었다면 억울해서 가슴을 칠 소리였다. 그녀는 절대 아싸가 아니었다.

'규모 적어도 실력파인 길드는 꽤 많잖아. 홍보가 잘 안 돼서 그렇지. 그런 거 아는 데 없어?'

'알지. 내가 찾아볼게. 너 그래도 지수를 좀 챙겨준다?'

'애가 좀 걱정이 돼서.'

워낙 예쁘게 생긴 미소년이라 보고 있으면 도와주고 싶은 마음이 샘솟을 수준!

물론 태현은 자기보다 잘생긴 사람을 별로 좋아하지 않았지만, 지수는 보는 사람을 좀 조마조마하게 만드는 면이 있었다.

태현은 아직도 지수가 토끼한테 맞아서 죽던 걸 기억하고 있었다.

절망적인 수준의 근접전 센스!

-응. 부탁한 거 찾아봤어. '파이드'라는 길드 알아?

-몰라. 내가 모르니까 소규모 길드겠지.

-……그래. 어쨌든 내가 거기 길마를 아는데, 참 괜찮은 누나거든. 그리고 거기 길드도 여자밖에 없으니까…….

-……?

태현은 고개를 갸웃거렸다. 성별 가려서 받는 길드가 드물지는 않았다.

문제는 지수였다.

-그런데 거기에 지수를 넣는다고?

'아차.'

최상윤은 잊고 있었다. 태현이 아직 모르고 있었다는 것을.

물론 파이드 길마에게는 이미 말을 해둔 상태였다. 당연히 지수의 성별도 제대로 말을 해뒀다.

파이드 길마는 흔쾌히 허락을 해줬지만, 태현에게는 다르게 말을 해줘야 했다.

-내가 빌고 빌었지. 어쩔 수 없이 허락해 주더라.

-그래? 친절한 사람이네.

-……그렇지!?

'휴. 살았다.'

친구였지만 이런 면에는 참 둔한 놈이었다. 최상윤은 안도의 한숨을 내쉬었다.

-지수면 거기서 인기 좋으려나?

-어, 음…… 그렇겠지?

-알겠어. 들어줘서 고마워.

-근데 넌 지금 어디냐?

-아직 아탈리 왕국 가는 중이다. 아. 그리고 도중에 이세연 만났어.

-뭐!?

최상윤은 기겁했다.

이세연을 만났다고!?

-진짜? 너 살아 있나?

-내가 미쳤다고 내가 누군지 밝혔겠냐?

-아, 하긴.

-이세연이 가만히 있는 사람 공격할 정도로 막장은 아니잖아. 의외로 친절하더라.

-다행이네.

-그래서 좀 떠봤는데, 음. 내 신분 밝히면 안 되겠더라.

-…….

최상윤은 입을 다물었다가 다시 열었다.

-뭐, 너한테 원한 가진 사람이 한둘이겠냐?

-고맙다, 이 자식아.

전혀 위로가 안 되는 친구의 말.

-어쨌든 한동안은 더 신분 숨기고 살아야겠어. 이럴 줄은 몰랐는데 말이야.

-누가 그렇게 랭커들 썰고 다니래?

-시꺼. 어쨌든 대장장이로 아이템 팔려면 너한테 부탁 좀 해야 할 것 같은데. 괜찮겠냐?

-나야 상관없지. 오히려 좋아. 내 방송 시청률 뛴 거 봤냐?

-응? 왜?

-그야 레드존 길마랑 싸운 거랑 너 때문이지. 다들 와서 네가 누군지 묻던데.

-모르는 척해.

-당연하지.

척하면 척. 둘은 서로를 너무 잘 알았다.

-알겠어. 아탈리 왕국 가서 퀘스트 좀 깨고…… 나중에 아이템 팔 거 생기면 연락할게.

-오케이. 아탈리 왕국 가서 재밌게 놀아.

"즐거운 여행이었습니다. 태현 님!"

"너만 즐거웠겠지."

태현은 한숨을 쉬며 마차에서 내렸다.

이세연이 주변을 싹 쓸고 떠난 덕분에 둘은 안전하게 올 수 있었다.

물론 그렇다고 해서 펠마스가 갑자기 마차를 잘 몰게 된 건 아니었다.

안 부서진 게 기적이라고 느껴질 정도!

"저기가 제가 말한 제노마 시입니다!"

"이야. 타이럼 시하고 비교하면 너무 차이 나는데?"

타이럼 사냥꾼들이 들었다면 뒷목을 잡고 분노했을 소리!

그렇지만 실제로 차이가 너무 심했다.

타이럼 시는 산악 지대인 잘츠 왕국에서도 험준한 곳에 위치한 도시였다.

시설도 거의 사냥꾼들이 쓰는 시설이 전부였다. 마탑도 없고 예술이나 제작 길드도 거의 없었다.

괜히 초보자들이 시작하고서 욕하는 게 아니었다.

그에 비해 제노마 시는 평야에 위치해 있었다. 바다와 붙어 있어서 항구도 있었고, 드넓은 도시는 보는 것만으로도 화려했다.

거대한 성벽에, 그 안에 화려하게 들어서 있는 건물들. 위로 높게 솟아오른 탑들도 보였다.

"제노마 시는 아탈리 왕국에서도 으뜸갈 정도로 부유한 곳이니까요."

"왜 네가 잘난 척이냐? 일단 들어가자."

둘은 성문을 향해 걸어갔다.

"천 옷 팝니다! 희귀 직업 가진 재봉사가 만들었어요! 50실버!"

"같이 파티 맺고서 제빵 길드 퀘스트 깨실 분? 초급 요리 3 넘으셔야 해요!"

"조각사가 만든 조각 싸게 팝니다! 갖고 있으면 스탯 보너스 붙어요!"

"희귀 직업 대장장이가 장비 만져드립니다! 필드 사냥 가시기 전에 버프 좀 받고 가셔야죠!"

시끄럽게 들리는 목소리들!

온갖 직업을 가진 플레이어들이 한껏 광고를 하고 있었다.

제작 직업을 가진 플레이어들은 가만히 있을 수 없었다. 계속 움직여서 무언가를 만들고 팔아야 했다. 그러려면 이런 식으로 사람들에게 알려야 했다.

"그래, 이게 도시지."

토끼한테 맞아 죽는 초보자들이 먼저 보이는 게 아닌, 이렇게 활발하게 광고를 하는 모습.

이런 게 진짜 도시였다.

타이럼이 이상한 거였다.

"여기로 오시죠, 태현 님."

펠마스는 성문을 지나 골목길을 걸어 으리으리한 저택 앞에 멈춰 섰다.

"⋯⋯?"

저택은 엄청나게 컸다. 화려한 장식에 마법으로 번쩍이는 겉모습. 게다가 정문으로 사람들이 들어갔다 나오는데 다들 한가락 하는 사람들 같았다.

그리고 태현은 펠마스에 대해 어느 정도 감을 잡은 상태였다.

"여기로 들어가라고?"

"네? 아니요. 여기가 아니라 여기 옆으로⋯⋯."

태현은 고개를 돌렸다. 그 옆 골목에 낡은 건물이 하나 있었다. 금이 가고 불빛은 있지도 않은 건물이.

"그래, 역시 이래야지."

"예?"

"아무것도 아니야. 들어가자고."

태현은 펠마스에게 적응해 가고 있었다.

펠마스가 왕족을 안다고 말한다면?

그 왕족은 아마 쫓겨난 왕족이거나 왕족 사칭을 했던 놈이 거나 어쨌든 만나서 좋을 놈은 아닐 것이다.

펠마스가 말하는 건 일단 기대를 낮추고 들어야 했다.

"왜 아무도 없어?"

"하하. 저희가 매일 모여 있는 건 아닙니다. 태현 님. 저희도 각자의 생활이 있죠."

"내가 대충 들은 것만 해도 은퇴한 근위기사에, 팔 잘린 왕년 도적에, 마법사 밑에서 마도서 베끼던 필사꾼 정도인데 각자 생활이 있다고? 뭐, 그럴 수도 있기야 한데⋯⋯."

태현은 의자에 앉았다. 의자가 삐걱거렸다.

"그래서 뭐지? 신도들을 모았다면서. 이제 뭘 하면 되는데? 나한테 뭘 원하는데?"

"태현 님은 아키서스 그 자체, 화신이십니다. 당연히 이 대륙에 교단을 세우고 신도들을 더 모아야겠죠!"

"그래. 다 부서져 가는 방에서 할 소리는 아닌 것 같지만."

태현은 금이 간 천장을 가리키며 말했다.

그러나 펠마스는 아랑곳하지 않고 외쳤다.

"태현 님. 이런 낡은 방 같은 것은 신경 쓰실 필요가 없습니다."

"어떻게 신경을 안 쓰게 됐냐? 네가 말한 신도들은 다 어딘가 이상한 놈들인데. 모이는 곳까지 이상하잖아."

태현은 팩트로 펠마스를 후려쳤다. 그렇지만 펠마스도 만만치 않았다. 그는 얼굴에 철판이라도 간 것 같았다.

태현의 지적은 무시하고 자기 할 말만 하는 당당함!

"태현 님께서는 힘을 기르셔야 합니다. 신으로서의 힘을 말입니다."

태현은 펠마스의 말을 바로 알아들었다. 신으로서의 힘이라면 하나밖에 없었다.

신성 스탯. 신성 스탯을 올리라는 뜻이었다.

"힘을 올리면?"

"태현 님께서는 화신이시지만 그것만으로 모든 게 다 해결되지는 않습니다. 신으로서의 힘을 모으시고, 아키서스의 권능을 얻으셔야 합니다. 그렇게 한다면 자연스럽게 신격으로서의 힘이 올라갈 겁니다."

신성 스탯을 올리고, 아키서스의 권능이면······.

'직업 전용 스킬인가?'

대충 알아들었다. 태현은 고개를 끄덕였다.

그걸 본 펠마스가 진지하게 물었다.

중요한 순간이었다.

지금 여기서 새로운 종교와 교단이 태어나는 것이다.

신의 화신과 함께하는 교단!

다른 교단 중에서도 신 자체인 화신을 갖고 있는 교단은 드물었다. 지금은 비록 미약하지만, 앞으로 크게 성장할 거라고 펠마스는 굳게 믿었다.

"태현 님. 제가 태현 님의 교단을 세우고 신도들을 이끌어도 되겠습니까?"

"어? 아니. 그건 아닌 듯."

"……."

태현은 1초도 고민하지 않고 거절했다.

"어째서입니까!?"

"아니, 그야…… 교단 세우고 교황을 뽑을 거면 좀 더 멀쩡하고 그럴듯한 놈을 뽑고 싶은데."

태현은 돌려 말하지 않고 대놓고 말했다. 펠마스는 금방 눈물이라도 흘릴 것 같았다.

덥석!

"……!?"

"아이고, 태현 님! 이러시면 안 됩니다! 제가 신도들을 모으느라 얼마나 노오오력을 했는데!"

펠마스는 엎드려서 태현의 발목을 붙잡고 늘어졌다. 그리고 대성통곡을 하기 시작했다.

"세상일이 노오오력으로 되는 거라면 얼마나 쉬웠겠냐. 안 되니까 세상인 거지. 더 노오오오오오오오력을 했어야지! 저리 가, 인마!"

"아이고! 아이고! 태현 님! 이러시면 안 됩니다!"

태현은 펠마스를 흔들어서 떼어내려고 했지만 펠마스는 끝까지 달라붙었다.

"아니, 꼭 교황을 하고 싶어? 그냥 다른 거 하면 안 돼? 교황은 좀 그럴듯한 놈 시키자."

"제가 그럴듯하지 않다는 겁니까?"

"응."

"……."

펠마스는 생각을 바꿨다. 태현은 듣는 사람의 마음을 생각해 주면서 돌려 말하는 사람이 아니었던 것이다.

"저 말고 누구를 시키시려고요!?"

"몰라. 어쨌든 너보다는 나은 사람이 있겠지. 일단 사람 없다고 널 교황으로 앉히고 시작하는 것보다는 나을 것 같은데."

"이러시면 안 됩니다! 제가 얼마나 공헌을 했는데!"

"거지들 모아놓은 게 공헌이냐? 응?"

덜컥-

"……뭐 하시나?"

들어온 건 갑옷을 입고 무장한 늙은 남자였다. 제법 그럴듯한 갑옷이었다.

화려한 문양은 없었지만 은색 빛이 나는 중갑. 갑옷처럼 검집에 장식은 없었지만 검도 괜찮아 보였다.

"넥돈! 들어보게! 태현 님이 나 말고 다른 사람을 교황으로 앉힌다고 하시지 않나!"

"그래? 그럴 수도 있지."

"넥돈!"

"그건 아키서스 님이 정하실 문제 아닌가? 아, 이분이 그 아키서스의 화신이신 건 맞지?"

"맞아."

태현이 대신 대답했다.

그걸 들은 넥돈이 고개를 숙였다.

"반갑습니다. 태현 님. 저는 넥돈이라고 합니다."

"그…… 뭐시냐. 도박하다가 걸려서 쫓겨난 기사였나?"

넥돈은 고개를 돌려 펠마스를 쳐다보았다. 펠마스는 시선을 피했다. 아무래도 비밀이었던 것 같았다.

"크흠. 젊은 날의 실수였죠."

"지금 나이를 보면 젊은 날 한 실수가 아닌 것 같지만…… 뭐. 좋아."

젊어서 한 실수가 아니라 늙어서 한 실수 같았다.

넥돈은 다시 헛기침을 하며 말했다.

"태현 님께서 교황을 다른 사람으로 하고 싶다면 그건 태현 님의 자유 아니겠습니까. 저희는 그저 따를 뿐입니다."

"넥돈, 너 인마!"

"그렇지만 펠마스만큼 태현 님을 찾느라 노력한 사람도, 신도들을 모으느라 노력한 사람도 없다는 걸 알아주셨으면 합니다."

"그래. 명예직 같은 거 주면 되잖아. 그 뭐냐, 신전 관리인? 같은 그런 거 하나 만들지."

"……."

"……."

둘은 태현을 쳐다보았다. 태현은 한숨을 쉬며 말했다.

"알겠어. 교황은 좀 더 생각해 보지. 그보다 지금 교황 이야 기할 때가 아니지 않나? 말이 종교지 지금 우리는 신전도 없 고 교단도 없고 신도들도…… 몇 명이나 있냐? 열 명은 넘냐?"

"하하. 숫자는 중요하지 않……."

태현은 펠마스의 다리를 걷어찼다.

"악!"

"맞는 말입니다. 태현 님. 지금으로는 종교라고 말하기도 우 스울 정도니까요. 당장 저 데메르 교단만 봐도 수많은 성기사와 사제들을 이끌고 있고 각 나라에 교단 신전이 있으니 말입니다."

땅의 여신으로 알려진 데메르는 그 특유의 치유 능력으로 인기가 좋은 신 중 하나였다.

저번에 요새에서 만난 최하준, 최하영 콤비도 데메르를 믿 는 성기사와 사제였다.

"그러니 저희는 차근차근 힘을 모아야 합니다."

"흠. 어떻게?"

"태현 님의 신성력을 올리고, 힘을 올리고, 아키서스로서의 권능을 배우셔야죠. 태현 님. 아키서스의 화신으로 나타난 사람이 예전에도 있었다는 걸 아십니까?"

"……?"

생각해 보니 그럴 법했다.

왜냐하면 이제까지 아키서스의 화신이 나타나지 않았으면 이들이 아키서스의 화신을 기대하거나 찾아다니지도 않았을 테니까.

"아주 먼 옛날에는 아키서스를 믿는 사람들이 꽤 있었던 모양입니다. 교단도 있었고 화신도 있었었죠. 지금은 그 교단도 사라지고 진지하게 믿는 사람들도 없지만, 저와 펠마스는 고문서에서 예언을 발견했습니다."

"예언?"

"예. 아키서스의 화신이 돌아와 신도들을 이끌고 교단을 만들 것이라는 예언!"

"너희들 혹시 다단계 같은 것도 속아서 넘어간 적 없냐? 도박 중독인 거 보니 그럴 것 같은데……."

"……."

넥돈은 당황해서 펠마스를 쳐다봤지만 펠마스는 넥돈에게 눈빛으로 말했다.

'그냥 무시하고 할 말이나 해!'

태현에게 휘둘리면 말을 할 수가 없었다.

"어쨌든! 저희는 그런 고문서들을 모으면서 아키서스 님을 찾아 헤맸습니다. 그중에는 예전 아키서스의 화신이 썼던 권능에 대한 문서도 있었죠."

"오호. 그래?"

태현은 솔깃했다. 전설 직업의 전용 스킬. 탐이 나지 않을 수가 없었다.

어떤 스킬일까?

"이제 태현 님도 오셨으니 그 문서들에 나온 권능을 얻으셔야 합니다. 물론 힘이 들고 어려운 길이겠지만 저희가 도와드리겠습니다!"

"……."

태현은 잠깐 멈칫했다. 이 인간들이 과연 도움이 될까?

"그래, 잘 부탁해."

"방금 멈칫하신 것 같은데……?"

"네 착각이겠지."

[직업 퀘스트-아키서스의 화신을 완료했습니다.]

[신성이 50 오릅니다.]

[아키서스의 신도들의 친밀도가 최고로 변합니다.]

[칭호: 교단의 창시자를 얻었습니다.]

[서버에서 처음 얻은 칭호입니다. 각 스탯이 10씩 증가합니다.]

[신성 때문에 다른 종교의 사람들이 알아볼 수 있습니다.]

남들은 하나 얻기도 힘든 최초 칭호를 태현은 벌써 몇 개씩 갖고 있었다.

'레벨 업을 제대로 못 하니 이렇게라도 스탯을 받아야지……'

창을 훑어보던 태현은 무언가를 보고 고개를 갸웃거렸다.

'신성 때문에 다른 종교의 사람들이 알아볼 수 있다고?'

이건 뭔가…… 불길했다.

'알아본다는 게 뭐지?'

서로 다른 종교를 가진 사람들이 친한 경우는 드물었다.

보통은 서로 욕하고 견제하는 게 대부분!

태현은 일단 생각을 멈추고 스탯을 확인했다.

이름: 김태현

레벨: 27

직업: 아키서스의 화신

HP(체력): 1,325

MP(마력): 1,325

힘: 145 (+20), 민첩: 145

체력: 145 (+25), 지혜: 160

행운: 2,585

보너스 스탯: 0

'많이도 왔군.'

찍어서 사이트에 올리면 '가장 신기하게 키운 캐릭터' 1위를
바로 먹을 수 있을 정도의 스탯창!

레벨만 이상하게 낮을 뿐이지 스탯만 보면 50~60레벨 플레
이어하고 비교해도 밀리지 않았다.

게다가 행운까지 합치면…….

태현도 사실 지금 그가 어느 정도 수준인지 궁금했다.

레드존 길마를 봤을 때, 랭커 중에서 직업 상성만 잘 맞으면
몇 명은 지금도 이길 수 있을 것 같았다.

'이 행운이라는 게 참…….'

상대방이 회피를 무시하고 데미지를 주는 스킬이 있거나,
회피를 막는 스킬이 있거나…… 이런 종류만 아니라면 태현에
게 데미지를 주는 건 매우 힘들었다.

게다가 신성 권능까지 있으니…….

<신성 권능>
신성에 따라 데미지를 낮춥니다.

'추가 스탯 확인.'

공포: 60

명성: 500

신성: 50

신성이 50에, 명성이 500. 공포까지. 다른 사람들은 억지로 올리려고 해도 잘못 올리는 스탯들은 잘도 올렸다.

'스킬은⋯⋯.'

초급 검술 5 (95%)

초급 요리 9 (45%)

초급 기계공학 1(15%)

중급 대장장이 기술 6 (4%)

주르륵 나오는 스킬창을 일단 멈추고, 태현은 생각에 잠겼다.

'검술 스킬은 일단 중급까지 올려야 해.'

지금 태현이 행운으로 공격력을 뻥튀기시키고 있기는 했지만 언제까지 그걸로 버틸 수는 없었다.

전사나 성기사 같은 근접전 직업들은 스킬들이 있었지만 태현은 그런 스킬을 기대할 수 없었다.

믿을 수 있는 건 기본 검술 스킬밖에 없었다.

올리고 올려야 했다.

'역시 검술 스킬을 올리려면 노가다가 필수인데……'

많이 휘두르고 많이 때려야 오를 것 아닌가.

'요리, 기계공학도 일단 올려야 하고. 대장장이 기술도 올려야 하고……'

태현이 원하는 건 만능 캐릭터였다. 어떤 상황에서도 유연하게 대처할 수 있는 만능 캐릭터.

혼자서 플레이하려면 만능 캐릭터로 키울 수밖에 없었다. 그렇지 않으면 한계가 오니까.

문제는 이 만능 캐릭터라는 게 보통 노가다로는 되지 않는다는 것이었다.

'뭐, 하나씩 해볼까.'

태현은 일단 목표를 정하면 노가다를 얼마나 하든 상관하지 않는 사람이었다.

"그래. 넥돈. 펠마스. 그러면 그 고문서는 어디 있지?"

"흩어져 있습니다만……"

"갖고 있는 게 하나도 없어?"

"지금 가장 가까이 있는 게 하나 있긴 합니다."

"……뭐지? 어디에 있는데?"

"저 옆 카지노에……"

"……?"

태현은 이해가 가지 않아 고개를 갸웃거렸다.

"왜 신과 관련된 고문서가 카지노에 있는데?"

"그야······."

"······걸었다가 잃어서요?"

"······."

태현은 망치를 들고 일어섰다.

"그래. 그럴 수도 있지. 너희들이 그런 놈이라는 건 원래 알고 있었으니까."

"태현 님! 저희는 원래 그런 놈들이 아닙니다!"

"닥쳐."

태현은 창문으로 옆을 쳐다보았다. 아까 들어오면서 본 그 화려한 저택이 사실은 카지노였던 것이다.

"저 카지노에서 고문서 걸었다가 뺏겼다고?"

"네······."

들어보니 저 카지노는 제노마 시의 귀족들과 대상인들이 들락날락하는, 이른바 잡상인들은 들어가지 못하는 곳 같았다.

당연히 안에 있는 병력도 무시무시한 수준!

간단히 봐도 안에 있는 호위 기사들 레벨이 100은 넘긴 것 같았다.

"음. 그냥 돈 주고 사면 안 되나?"

"그게……."

"저희도 해봤는데……."

"해봤는데?"

"카지노 주인이 거절하더라고요. 그 고문서가 마음에 들었나 봅니다."

"너희는 도움이 되는 게 뭐냐? 대체?"

둘은 고개를 푹 숙였다. 태현은 한숨을 쉬며 자리에서 일어섰다.

"가자."

"예? 어디로요?"

"카지노. 내가 도박을 어떻게 하는 건지 제대로 보여주지."

태현은 카지노에서 하는 도박이 불리하다는 건 잘 알고 있었다.

원래부터 카지노한테 유리하게 만들어진 도박!

여기서의 도박도 크게 다르지는 않을 것이다.

그러나 한 가지 차이가 있다면, 태현의 행운이었다.

행운이 2,500을 넘는 남자의 패기!

사실 행운을 가장 직접적으로 쓸 수 있는 곳은 이런 곳일 것이다.

"오오! 태현 님! 믿고 있었습니다!"

"과연 아키서스의 화신!"

넥돈과 펠마스는 신이 나서 태현을 졸졸 쫓아갔다.

아키서스가 누구인가.

행운과 도박사의 신 아닌가!

그런 신이 함께하니 이제까지 잃기만 했던 그들도 인생을 필 기회가 온 것이 분명했다.

그들은 싱글벙글해서 태현의 뒤를 따라갔다.

"잠깐."

"……?"

자연스럽게 들어가려던 태현과 둘은 멈춰야 했다. 정문에 서 있던 남자가 그들을 불러세운 것이다.

'레벨이 대체 몇이야?'

딱 봐도 그들 수준으로는 상대하기 힘든 NPC 같았다. 태현은 속으로 불평했다. 아니, 무슨 카지노가 왕성보다 더 경비가 삼엄하단 말인가.

"왜 막는 거냐. 무슨 불만이라도 있나!"

그리고 역시 이럴 때 나서주는 건 펠마스였다. 펠마스는 의기양양하게 삿대질을 했다.

남자는 짜증을 내며 펠마스의 멱살을 잡고 들어 올렸다. 펠마스는 가볍게 들어 올려져 버둥거렸다.

"넌 저리 비켜라. 돈도 없는 놈이 여기는 왜 자꾸 오는 거야? 내가 볼일이 있는 건 그쪽이다."

남자가 가리킨 건 태현이었다.

"나?"

"그래. 너. 잠깐……."

남자는 이상하게 생긴 흰색 돌을 꺼내 태현을 향해 겨눴다. 그러자 그 돌이 순식간에 새빨갛게 변했다.

"……!"

"저거 뭐냐?"

태현이 펠마스와 넥돈에게 속삭이듯이 물어봤지만 둘도 몰랐다.

"잘 모르겠……."

"너희들은 대체 도움이 되는 게 있냐?"

"하하. 태현 님. 언젠간 도움이 될 겁니다."

그러는 사이 남자는 돌을 집어넣었다. 그러고는 공손하게 고개를 숙였다.

"이리로 오시죠. 제가 안내해 드리겠습니다."

"……?"

"아, 너희 두 거지는 꺼지고."

남자의 말에 넉돈과 펠마스는 분노했다. 사람을 무시하다니!

"이, 이놈이!"

"태현 님! 뭐라고 한 마디 해주십시오!"

그러나 태현은 냉정했다.

"나중에 보자."

"태현 님!?"

태현은 손을 흔들고 남자를 따라 안으로 들어갔다.

괜히 억지로 데리고 들어가 봤자 좋은 꼴 볼 일 없다는 강렬한 예감!

남자는 따로 나 있는 문을 통해 비밀 복도로 태현을 안내했다.

바닥에는 붉은 카펫이 깔려 있고, 천장에는 흰색으로 반짝이는 마법 전등이 박혀 있었다.

한마디로…….

'엄청나게 돈 많은 놈이 만든 곳이구만?'

태현은 그렇게 생각하며 남자의 뒤를 쫓았다. 그러면서도 관찰을 멈추지는 않았다.

'허리춤에 들린 검은 마법 부가에, 재질도 평범한 철은 아닌 것 같고…… 은? 아다만티움? 갑옷은 중갑옷까지는 아니고…….'

네가 입은 아이템을 말해준다면 네가 어떤 사람인지 말해주겠다.

태현은 실제로 그럴 자신이 있었다.

무겁고 두꺼운 중갑옷을 입고 방패를 뒤에 들고 다닌다면?

묵직한 방어력을 가진 탱커 계열의 전사 직업일 가능성이 컸다.

가벼운 경갑옷을 입고 무기만을 들고 다닌다면?

민첩과 회피로 공격을 피하며 강력한 공격을 넣는, 딜러 계열의 전사 직업이나 도적 직업일 가능성이 컸다.

로브나 천옷은 이제 마법사나 제작 직업 계열로 볼 수 있었고…….

그런 의미에서 남자는 탱커와 딜러 사이의 느낌이었다.

적당히 두꺼운 갑옷에 롱소드. 방어력과 공격력, 민첩까지 적절한 능력을 가진 만능형?

"저는 루포라고 합니다. 왜 이렇게 따로 불렀는지 궁금하실 겁니다."

"궁금하긴 한데."

"밖의 두 멍청이에 대해서는 저도 알고 있습니다. 제 주인님도 잘 알고 계시죠."

"주인님?"

"이 카지노의 주인, 대상인 맥크레니 님을 모르신단 말이십니까?"

"아, 모를 수도 있지. 다른 왕국에서 왔는데. 내가 무조건 알아야 하냐?"

태현은 상대가 그에게 존댓말을 하는 걸 보고 감을 잡았다. 뭔가 필요한 게 있구나.

그렇다면 강하게 나가도 됐다.

생각대로 루포는 당황한 표정을 짓더니 말했다.

"워, 워낙 유명하셔서…… 어쨌든 맥크레니 님은 대상인이십니다. 이 제노마 시를 주름잡고, 왕국에서도 모르는 사람이 드물 정도로……."

"그래. 그래. 그렇게 대단하다 이거지. 그래서 그게 뭐. 밖의 놈들이랑 뭔 상관인데?"

빠른 재촉!

루포는 점점 떨떠름한 표정으로 고개를 끄덕였다.

"저 두 멍청이들은 신의 화신을 찾고 있잖습니까. 아키서스의 화신."

"……!"

태현은 대답하지 않았다.

'이 자식들은 대체 뭐 얼마나 소문을 내고 다닌 거야?'

생각해 보니 아키서스의 비기가 담긴 고문서도 카지노에서 날렸으니…….

다른 사람들이 알아도 이상할 건 없었다.

"그거 헛소문이야."

"헛소문인 것치고는 그 문서들은 그럴듯했습니다. 꽤 자세했고. 그리고 실제로 아키서스란 신은 있을 거라고 생각합니다. 아예 없는 신이라면 사람들이 그렇게 말하지도 않겠죠."

'이런 예리한 자식.'

루포는 전사 직업 주제에 머리가 잘 돌아가는 것 같았다.

"어쨌든 주인님께서는 저 멍청이들의 말을 듣고 흥미가 생기신 모양입니다."

"어째서?"

"당연한 거 아닙니까? 행운의 신이라니. 그 누가 싫어하겠습니까."

"하긴 그것도 그러네."

행운을 싫어할 사람은 없었다. 게다가 이 대상인이라는 사람은 카지노까지 운영하고 있으니…….

"게다가 몇 가지 더 이유가 있습니다."

"말해봐."

"지금 대륙에 있는 교단들은 다 세력이 큽니다. 주인님 같은 분이 엄청난 액수를 기부해도 아주 조금 생색만 내죠."

대륙의 교단들은 아쉬울 게 없었다.

이미 곳곳에 신전이 있고, 성기사들과 사제들이 있었으며, 믿는 사람들도 많고 기부하는 사람들도 많았다.

어지간해서는 아쉬울 게 없었다.

귀족이나 왕족한테도 뻣뻣하게 구는데 상인한테는 당연히 더 뻣뻣하게 굴었다.

"그런 교단들 때문에 주인님께서는 상당히 화가 나신 모양입니다. 그래서 차라리……"

"차라리?"

"새로 시작하는 교단을 밀어주는 게 낫지 않을까? 하는 생각을 하신 모양입니다."

아키서스의 화신이 정말로 나타난다면 새로 교단을 만드는 것도 불가능하지는 않았다.

게다가 그 과정에서 많이 도와준다면, 지금 있는 교단들과는 비교도 되지 않을 정도로 많은 걸 얻어낼 수 있었다.

과연 상인다운 생각이었다.

"그래서 저한테 이 돌을 맡기셨죠."

"그 돌이 뭔데?"

아까 태현을 향하니 붉게 달아오른 돌. 루포는 그 돌을 꺼냈다.

"상대방의 행운에 따라 반응하는 돌입니다. 아키서스의 화신이라면 분명 엄청난 행운을 갖고 있을 거라고 생각했습니다."

"……"

태현은 속으로 혀를 찼다. 저런 게 있으면 카지노에서 골드를 모으는 건 무리 아닌가.

"그리고 저 두 멍청이들은 분명 화신을 찾으면 신이 나서 카지노로 올 거라고 생각했지요."

"……"

"다 왔습니다. 맥크레니 님, 루포입니다."

"들어와라."

문이 열렸다.

안은 복도에 비해 심심한 편이었다. 장식 하나 없는 방에, 거대한 책상 하나만 있었다.

그리고 그 뒤에 늙은 여자가 있었다.

안경을 꼈지만 눈빛이 날카로웠다. 태현은 방을 빠르게 확인하다가 눈이 마주쳤다.

"그래서, 아키서스의 화신이 저 사람인가?"

"그건 잘 모르겠지만 저한테 주신 돌이 반응한 건 확실합니다."

"어떻게?"

"아주 시뻘겋게요."

"화신 맞군."

태현은 하품을 하며 둘의 대화를 들었다.

"오면서 루포가 설명은 해줬겠지?"

"대충?"

"내가 뭘 원하는지도?"

"내가 교단을 세우면 그 교단과 친하게 지내고 싶다…… 이

거 아닌가?"

"바로 그거야."

맥크레니는 고개를 끄덕였다.

"나는 돈이 많지."

"나도 많은데."

"그렇지만 그게 곧 힘은 아니야. 어지간한 교단 놈들은 돈을 준다고 해서 움직이지 않으니까. 그놈들은 왕족이나 귀족들한 테는 살랑거리면서 우리 같은 상인들은 무시하거든. 나는 그게 불쾌해서 참을 수가 없다."

"뭐…… 귀족 자리를 돈으로 사지 그랬어? 아니면 그냥 귀족으로 태어났던가. 귀족으로 태어나려던 노력이 부족했네."

루포가 태현의 옆구리를 찔렀다. 입을 다물라는 뜻이었다.

그러나 태현은 혓바닥으로 상대방을 도발하는 스킬이 있다면 이미 마스터를 찍었을 사람.

맥크레니의 이마에 혈관이 선명하게 돋았다.

"지금 내 제안이 장난 같나?"

"장난 같지는 않은데. 들어가려던 사람 억지로 데리고 왔으면 그 사람이 성질을 내도 이해를 해줘야지."

"루포가 억지로 데리고 왔나?"

갑자기 불똥이 자기한테 튀자 루포는 당황했다.

"네? 아닙니다! 억지로 데리고 온 거 아닙니다!"

"말이 억지가 아니지 억지나 마찬가지였다고."

"아니, 내가 언제! 공손하게 모셨잖아!"

졸지에 주인 앞에서 명령을 어긴 놈이 된 루포는 억울해서 가슴을 치며 태현을 노려보았다.

'이놈이 대체 왜 이러는 거야!'

"말이 공손하게지, 나는 위협적이었어. 내 친구들도 밖에 세워놓더라고. 그중 한 명은 멱살도 잡았지. 아마?"

"……."

루포는 꿀먹은 벙어리가 되어 입을 다물었다. 맥크레너는 질린다는 듯이 고개를 저었다.

"그 멍청이들을 말하는 건가 보군. 그건 이해해 줬으면 해. 그놈들은 이 카지노의 골칫덩어리라고. 매번 와서 돈을 잃고 이상한 걸 담보로 돈을 빌리려고 하지. 그것도 한두 번이어야지. 루포가 저놈들을 몇 번 쫓아냈는지 아나?"

진상 중의 진상!

펠마스와 넥돈은 이미 카지노에서 진상 중의 진상으로 찍혀 있었다.

"그렇지만 그 담보로 얻은 것 중에서 이익을 본 것도 있었을 텐데?"

"고문서를 말하나? 아키서스의?"

"그래."

"그래. 이건 참 기대치도 못한 수확이었지. 놈들이 화신을 찾는다는 것도 이것 덕분에 알게 되었고. 그냥 정신 나간 도박 중독자들인 줄 알았는데."

"정신 나간 도박 중독자들 맞는데."

"자기 추종자들을 굳이 위장시킬 필요 없어. 우리는 협력할 수 있으니까."

"아니, 진심으로 그렇게 생각하는 건데."

맥크레니는 태현이 다른 사람들의 눈을 속이기 위해서, 그들에게 저런 식으로 살라고 지시한 줄 알고 있었다.

그렇게 생각하지 않는다면 저들은 너무 막장이었으니까.

그러나 태현은 그런 지시를 내린 적이 없었다.

펠마스나 넥돈은 원래 저런 놈들!

"어쨌든 저 밖의 멍청이들한테 무례하게 군 건 미안하지만, 저런 놈들하고 손을 잡는 것보다는 나하고 손을 잡는 게 나을 거야."

"흠, 그것도 좀……."

맥크레니의 얼굴이 찌푸려졌다.

"왜지?"

"저 멍청이들은 멍청해서 날 이용할 생각은 못 할 것 같은데, 그쪽은 날 이용할 생각을 할 것 같아서."

"서로 도움이 되는 이용이잖나? 너는 교단을 세우고 나는 지원을 해준다."

"그리고 대가를 치러야지. 흠. 점점 따로 노는 게 나을지도 모른다는 생각이 드는데."

"……."

맥크레니의 얼굴이 더욱 찌푸려졌다. 지금 아쉬운 건 확실히 그녀였다.

태현이 무슨 생각을 하고 있는지는 모르지만, 그는 제안을 거절하고 밖에 나가서 따로 움직이면 그만이었으니까.

"뭘 바라나?"

"이제 말이 좀 통하는군. 지원, 협력 다 좋은데 말이야. 좀 적당히 하자고. 적당히 지원해 주고 적당히 받아가. 다 해먹으려고 하지 말고."

"그 정도라면……."

"그리고 저 밖의 멍청이들도 교단에 넣고, 내보낼 생각은 하지 마."

"그건 좀……."

맥크레니는 진심으로 싫은 표정이었다. 새로 만들어질 교단에 저런 막장들을 넣고 싶지 않은 것이다.

To Be Continued